Renate Ahrens-Kramer

Die Welt steht Kopf

OMNIBUS

DIE AUTORIN

Foto: © privat

Renate Ahrens-Kramer, 1955 in Herford geboren, arbeitete nach ihrem Studium drei Jahre als Lehrerin. Dann beschloss sie in einer Silvesternacht, mit ihrem Mann nach England zu gehen. Von dort zog sie weiter nach Irland. Seither lebt Renate Ahrens-Kramer als freie Autorin abwechselnd in Hamburg und Dublin, wo sie Kinderbücher, Drehbücher fürs Kinderfernsehen, Hörspiele und Theaterstücke für Erwachsene schreibt.

Von Renate Ahrens-Kramer ist bei OMNIBUS erschienen:

Die Höhle am Strand (26103)

Renate Ahrens-Kramer

Die Welt steht Kopf

THIENEMANN TASCHENBUCH

THIENEMANN TASCHENBUCH BEI OMNIBUS
Band 26145

Umwelthinweis:
Dieses Buch wurde auf chlorfrei gebleichtem
Papier gedruckt.

Erstmals als Thienemann Taschenbuch
bei OMNIBUS Januar 2003
Der OMNIBUS Taschenbuchverlag gehört zu den
Kinder- & Jugendbuch-Verlagen
in der Verlagsgruppe Random House
Gesetzt nach den Regeln der Rechtschreibreform

Umschlagbild: Iris Hardt
Innenillustrationen: Karoline Kehr
Umschlagkonzeption: Klaus Renner
Ht · Herstellung: Peter Papenbrok
Satz: KCS GmbH, Buchholz/Hamburg
Druck: Clausen & Bosse, Leck
ISBN 3-570-26145-X
Printed in Germany

www.omnibus-verlag.de

10 9 8 7 6 5 4 3 2 1

OMNIBUS

Alles nur ein Irrtum?

Karo lag auf der Schwimmbadwiese und blickte in den Himmel. Keine einzige Wolke. Und warm war's. Wie im Sommer. Vor zwei Wochen, bei ihrem Geburtstagsfest, hatten sie alle noch Pullis angehabt.

Karo tastete nach ihrer Kette. Glatt und kühl fühlte sie sich an. Das schönste Geburtstagsgeschenk, das sie je bekommen hatte. Sie war aus Silber und hatte einen Anhänger mit einem hellblauen Stein. Beim Auspacken war Mutter fast noch aufgeregter gewesen als sie.

»Die Kette ist ... von deinem Vater ...«

»Ehrlich?«

»Er hat sie mir geschenkt, als ich zwanzig wurde ...«

»Und warum trägst du sie nicht?«

»Ich ... dachte mir, jetzt bist du elf. Vielleicht möchtest du sie tragen.«

»So ein schöner Stein!«

»Komm, ich bind sie dir um.«

Mutter sprach eigentlich nie über Karos Vater. Das Einzige, was Karo wusste, war, dass er noch vor ihrer Geburt bei einem Unfall ums Leben gekommen war. Mutter besaß nicht mal ein Foto von ihm; sie hatten sich nur kurze Zeit gekannt.

Karo lief in den Flur und betrachtete sich im Spiegel.

»Seh ich ihm ähnlich?«

»Du hast die gleichen Augen wie er, hellbraun mit einem grünen Ring um die Pupille.«

Karo ging näher an den Spiegel heran. Von ihm also hatte sie diese merkwürdigen Augen. »Hast du ihn lieb gehabt?«

»Ja ...«

»Dann versteh ich erst recht nicht, warum du die Kette nicht trägst.«

Einen Moment lang sah Mutter aus, als ob sie anfangen würde zu weinen. Sie bückte sich, um das Geschenkpapier aufzuheben und murmelte, dass sie jetzt Frühstück machen würde. Karo wusste, dass es keinen Zweck hatte weiterzufragen. Aber dafür hatte sie zum ersten Mal in ihrem Leben etwas wie eine Erinnerung an diesen unbekannten Vater.

Karo drehte sich auf den Bauch und strich mit der Hand über den hellblauen Stein. Bisher hatte sie niemandem erzählt, dass die Kette von ihrem Vater war.

»Hallo, Karo!«

Karo schaute hoch und sah Rike auf sich zukommen.

»Hallo. Da bist du ja.«

»Ich konnte nicht eher weg«, sagte Rike und breitete ihr Handtuch aus. »Bei uns war mal wieder die Hölle los.«

Karo grinste. Bei Wiecherts war fast immer die Hölle los.

»Erst ist mein Vater ausgeflippt, weil Alex in Mathe 'ne Fünf geschrieben hat und jetzt wahrscheinlich sitzen bleiben wird. Dann ist unserer Haushälterin der Brokkoliauflauf angebrannt und wir mussten uns Bratwurst mit Pommes holen. Und als wir endlich gegessen hatten und ich wegwollte, ist meine Mutter durchgedreht, weil sie ihren Autoschlüssel nicht finden konnte. Ausgerechnet heute, wo irgend so 'n wichtiger Typ in ihre Galerie kommen will.«

»Und ... habt ihr ihn gefunden?«

»Er steckte im Zündschloss.«

Sie prusteten beide los.

Karo liebte Rikes Geschichten von ihrer chaotischen Familie. Und sie war gern bei Wiecherts, gerade weil da immer so viel passierte. Bei Karo dagegen war es zu Hause richtig ruhig.

»So gut möchte ich's auch mal haben«, hatte Rike neulich gesagt. »Keinen nervigen Bruder. Keinen strengen Vater. Und 'ne junge Mutter.«

Rike fand es schrecklich, dass ihre Mutter schon auf die fünfzig zuging.

Auf einen strengen Vater und eine alte Mutter konnte Karo auch gut verzichten, aber einen Bruder hätte sie gern gehabt, am liebsten einen älteren, so wie Alex. Der war dreizehn.

»Kriegt dein Bruder jetzt Nachhilfe?«

»Hat er schon längst. In Mathe und Englisch. Viermal die Woche.«

»Viermal die Woche? Das ist ja richtig Stress!«

»Das kannst du wohl sagen. Wir haben echt Glück, dass wir gut sind in der Schule. Wenn ich mir Alex angucke, wie der über seinen Hausaufgaben schwitzt, immer mit dem Blick meiner Mutter im Nacken –«

»Dabei fällt mir ein ... wann schreiben wir die nächste Englischarbeit?«

»Am Freitag. Aber die schaffen wir auch mit links.«

Karo nickte und legte sich wieder auf den Rücken. Immer noch keine einzige Wolke. Wenn es nach ihr ginge, konnte es den ganzen Sommer so bleiben.

»Karo ...«

»Ja?«

»Wollen wir uns die Haare abschneiden lassen?«

Karo fuhr in die Höhe. »Bist du verrückt?«

»Meine Mutter schimpft ständig über meine dünnen, blonden Zotteln.«

»Lass sie schimpfen«, sagte Karo und wickelte sich ihre langen, dunklen Haare um die Finger. »Ich find sie schön.«

»Deine sind viel schöner als meine. Viel dichter.«

»Ach, Quatsch!«, rief Karo und gab Rike einen Knuff. »Komm, wir gehen ins Wasser.«

Sie schwammen ein paarmal um die Wette, übten einen flachen Startköpper und tauchten, bis ihnen die Luft ausging. Dann fielen sie erschöpft auf ihre Handtücher und ließen sich von der Sonne trocknen.

Auf dem Heimweg radelte Karo am Supermarkt vorbei, um eine Salamipizza fürs Abendbrot einzukaufen. Das hatte sie Mutter versprochen. Die hatte heute eine Konferenz in der Schule und würde vor sechs nicht zu Hause sein.

Als Karo in den Kuhnsweg einbog, überlegte sie, ob sie ihr Rad in den Keller bringen sollte. Oder würden Mutter und sie nachher noch um die Alster radeln? Sie beschloss, das Rad draußen anzuketten.

Unten im Hausflur stand die neugierige Frau Becker und kraulte ihren Zwergpinscher. »Schon wieder unterwegs gewesen?«

»Ja, wieso?«

»Dass die Kinder von heute keine Hausaufgaben mehr machen müssen!«

»Die Kinder von heute haben ihre Hausaufgaben schon fertig«, sagte Karo. »Darf ich mal vorbei?«

Sie lief die Treppen bis zum dritten Stock hinauf, ohne stehen zu bleiben.

»Ich bin auch gerade erst zurückgekommen«, rief Mutter, als Karo die Tür aufschloss.

»Wie war die Konferenz?«

»Grässlich. Dieser Direktor bringt mich wirklich noch um den Verstand. Dem geht's nie um die Schüler, sondern immer nur um seine Paragrafen.«

»Fahren wir nachher 'ne Runde Rad?«

»Gute Idee.«

»Dann schieb ich jetzt die Pizza in den Ofen.«

»Ja. Und ich ruf schnell noch Opa an.«

»Bestell ihm 'nen schönen Gruß von mir. Ich komm am Wochenende mal vorbei.«

Die Salamipizza war fast fertig, als es klingelte.

»Hallo?«, rief Karo in die Sprechanlage.

Keine Antwort. Wahrscheinlich hatte der alte

Herr Zeuner die Haustür unten wieder offen gelassen. Und richtig. Beim nächsten Mal klingelte es direkt an der Wohnungstür.

»Wer ist da?«

»Mein Name ist Kleßmann. Ich möchte zu Jutta Delius.«

Karo öffnete die Tür und blickte in das blasse Gesicht eines Mannes, den sie noch nie gesehen hatte. Er trug eine Baskenmütze und war schon älter. Sein Akzent klang fremd in Karos Ohren.

»Ich hole sie.«

Karo klopfte an Mutters Tür. »Für dich.«

»Ich telefoniere.«

»Sie kommt gleich«, sagte Karo zu dem Mann und ging in die Küche, um nach der Pizza zu sehen.

Der geschmolzene Käse hatte genau die richtige goldgelbe Farbe. Sie zog das Blech aus dem Ofen und holte zwei Teller aus dem Schrank.

Da hörte sie ein merkwürdiges Geräusch aus dem Flur. Es klang wie ein unterdrückter Schrei. Karo stockte der Atem.

Sie lief aus der Küche und sah, wie Mutter und der Mann eng umschlungen im Flur standen. Die Baskenmütze war auf den Boden gefallen. Karos Kehle fühlte sich auf einmal heiß und eng an. Warum hatte Mutter ihr nicht erzählt, dass sie sich verliebt hatte? Warum ließ sie es darauf ankommen, dass sie es auf diese Weise entdeckte? Sie starrte auf den Mann, der kaum noch Haare auf dem Kopf hatte und bemerkte erst jetzt, dass seine Schultern bebten. Er weinte. Warum weinte er? Und Mutter? Mutter weinte auch.

Karo brach der Schweiß aus. Sie verstand überhaupt nichts mehr. Am liebsten hätte sie Mutter aus den Armen dieses Mannes gerissen, um sie an den Küchentisch zu setzen und ihr Salamipizza zu servieren. Aber sie war wie gelähmt. Wenn sie wenigstens schreien könnte!

Da endlich ließ Mutter den Mann los und drehte sich langsam zu ihr um. Ihre verweinten Augen leuchteten.

»Karo ...«

Jetzt lächelte sie auch noch. Was gab's denn da zu lächeln?

»Karo, das ist Martin«, sagte Mutter und griff nach der Hand des kahlköpfigen Mannes.

»Wer?«, fragte Karo und starrte auf die beiden Hände, die sich festhielten, als ob sie sich nie wieder loslassen wollten.

»Ich weiß nicht, wie ich es dir sagen soll ...«

»Was?«, murmelte Karo und drehte sich zur Wand.

»Sieh mich bitte an.«

Karo machte die Augen zu und wünschte, dies wäre nur ein schlechter Traum.

»Martin und ich ... wir ... wir kennen uns schon sehr lange ...«

Karo spürte einen Stich im Bauch.

»Karo ...«

Nein, sie wollte nichts mehr hören.

Plötzlich fühlte sie Mutters Hände auf ihren Schultern.

»Lass mich los!«

»Sieh mich an.«

Widerwillig drehte Karo sich um, aber sie blickte Mutter nicht an. Sie wollte diese leuchtenden Augen nicht mehr sehen.

»Martin ist dein Vater.«

In Karos Ohren begann es zu rauschen. Das konnte nicht sein. Sie hatte keinen Vater. Wie durch einen Schleier sah sie den Mann auf sich zukommen. Sein Gesicht war verzerrt. Sollte das ein Lächeln sein?

»Ich habe auch gerade erst erfahren, dass ich eine Tochter habe.«

Karo schüttelte den Kopf. »Ich bin nicht Ihre Tochter. Das muss ein Irrtum sein.«

Sie rannte in ihr Zimmer und schlug die Tür hinter sich zu. Natürlich war es ein Irrtum. Wie konnte dieser Mann behaupten, ihr Vater zu sein? Ihr Vater war doch tot.

Risse in der Decke

Karo saß mit angezogenen Knien auf dem Fußboden und presste ihre Fäuste gegen die Schläfen. Nein! Nein! Nein!, schrie es in ihrem Kopf. Es war nicht wahr! Es konnte nicht wahr sein! Wenn es wahr wäre, hätte Mutter sie ihr ganzes Leben lang angelogen!

»Karo?«, hörte sie Mutter von draußen rufen.

Lass sie sagen, dass es nicht wahr ist, dachte Karo, als die Türklinke heruntergedrückt wurde.

»Karo«, flüsterte Mutter.

Karo rührte sich nicht. Mutter setzte sich zu ihr auf den Boden und versuchte, sie in den Arm zu nehmen, aber Karo machte sich steif.

»Sag, dass es nicht wahr ist!«

»Karo ...«

»Sag es, bevor es zu spät ist.«

»Zu spät für was?«

»Wenn es wahr ist ...«

»Es ist wahr. Martin ist dein Vater.«

»Nein!«, schrie Karo. Und dann brachen die Tränen aus ihr heraus.

»Lass es mich doch wenigstens erklären!«, sagte Mutter und griff nach Karos Hand.

»Fass mich nicht an!«

»Karo ...«

»Geh weg!«

»Erst hörst du mich an!«

»Nein!«

»Aber warum denn nicht?«

»Du bist eine Lügnerin. Meine Mutter ist eine ganz gemeine Lügnerin.«

»Karo ... bitte verzeih mir ...« Jetzt fing auch Mutter an zu weinen.

Sollte sie ruhig weinen. Karo stand auf und ging ans Fenster. Durch ihre Tränen hindurch sah sie, dass unten im Innenhof wieder die zwei Katzen vom alten Herrn Zeuner miteinander kämpften. Die weiße machte sich über die schwarze her, damit sie nicht an ihren Futternapf kam. Sie fauchten und kreischten, bis sich die schwarze nach einer Weile in eine Ecke des Hofes verzog und ihre Wunden leckte.

Karo hörte, wie Mutter sich die Nase putzte. Warum konnte sie nicht endlich gehen?

»Wenn du erst mal weißt, wie das damals alles passiert ist –«

Karo drehte sich um. »Sag dem Mann, dass er gehen soll.«

Mutter stand auf und blickte Karo an. »So kommen wir nicht weiter.«

»Na und?«

»Es geht um unsere Familie.«

»Ich kenn den Mann nicht.«

Mutter wischte sich über die Augen und verließ das Zimmer.

Karos Kopf fühlte sich auf einmal dumpf und wattig an. Sie warf sich auf ihr Bett und starrte an die Decke. Dort gab es viele kleine, feine Risse, die sich wie Adern durch den Putz zogen. Was würde passieren, wenn die Adern plötzlich platzten? Würde es nur hier und da ein bisschen bröseln oder würde mit einem Schlag die ganze Decke herunterkommen? Karo schloss die Augen und rollte sich auf die Seite. Sollte sie nur runterkommen. Das würde ihr jetzt auch nichts mehr ausmachen.

Es war schon nach halb zehn, als sie merkte, dass sie Hunger hatte. Sie öffnete leise die Tür und horchte; die Stimmen kamen aus dem Wohnzimmer. Im Nu war sie in der Küche und schnitt sich ein Stück von der kalten Salamipizza ab, die unberührt auf dem Blech lag. Kaum hatte sie den ersten Bissen im Mund, da hörte sie Schritte im Flur.

»Karo?«

Bestimmt hatte Mutter nur darauf gewartet, dass sie aus ihrem Zimmer kam.

»Wir haben doch immer über alles reden können«, sagte Mutter und setzte sich zu Karo an den Tisch.

»Ist er weg?«

»Nein.«

»Er soll gehen und nie wieder kommen.«

»Karo, ich versteh ja, dass ich dich enttäuscht habe und du deshalb wütend auf mich bist. Ich hätte dir die Wahrheit niemals verschweigen dürfen. Erwachsene machen eben auch Fehler. Und das tut mir wirklich sehr, sehr Leid. Ich wusste mir damals einfach keinen anderen Rat ...«

Karo stopfte die Pizza in sich hinein und dachte plötzlich daran, dass ihr Fahrrad noch draußen stand. Aus der Runde um die Alster war natürlich auch nichts geworden.

»Was ich nicht verstehe, ist, warum du auf Martin so wütend bist. Der kann doch nichts dafür.«

»Der kann nichts dafür?« Karo sprang auf. »Der kommt hierher und macht alles kaputt. Und du sagst, der kann nichts dafür?« Sie lief in den Flur und wollte gerade in ihrem Zimmer verschwinden, als die Wohnzimmertür aufging und der kahlköpfige Mann herauskam.

»Karoline ...«

Sie drückte die Türklinke herunter. Nein, sie würde nicht mit ihm reden. Da konnte er sie noch so bittend ansehen.

»Es tut mir so Leid, dass ich hier alles durcheinander bringe.«

Karo schlüpfte in ihr Zimmer und schloss die Tür hinter sich ab. So, so, es tat ihm Leid. Warum war er dann überhaupt hier aufgetaucht? Hätte er sich nicht früher überlegen können, was er damit anrichtete? Jetzt war es zu spät.

Sie trat vor den Spiegel und betrachtete ihre verweinten Augen. Und dann erschrak sie. Die Kette! Sie musste von ihm sein! Das fehlte noch, dass er sie damit sah. Hastig machte sie sie ab und warf sie in die Schreibtischschublade.

Als sie im Bett lag und das Licht ausgemacht hatte, musste sie an Rike denken. Würde sie ihr morgen erzählen, was passiert war? Nein. Das war so schrecklich, dass sie es nicht mal Rike erzählen konnte.

Karo rollte sich von einer Seite auf die andere und dachte darüber nach, wie es jetzt weitergehen würde. Irgendwann blickte sie auf ihren Wecker. Zwanzig nach zwei. Der Kahlkopf saß seit Stunden mit Mutter im Wohnzimmer. Was sollte sie tun, wenn er beschloss, bei ihnen einzuziehen? Mutter brauchte sich gar nicht einzubilden, dass sie das mitmachen würde. Da wohnte sie lieber bei Opa. Der hatte bestimmt nichts dagegen. Opa und sie hatten sich immer gut verstanden.

Jetzt reicht's!

Als Karo am nächsten Morgen in die Küche kam, war Mutter dabei, den Tisch zu decken. Zwei Becher, zwei Müsli-Schalen, zwei Löffel. Karo war erleichtert. Sie hatte schon gedacht, der Kahlkopf hätte hier übernachtet.

»Morgen, Karo«, sagte Mutter und lächelte.

»Wo ist der Typ?«

»Martin ist im Hotel. Wir haben geredet, bis es hell wurde.«

»Was meinst du, wann ich eingeschlafen bin?«

»Es wird alles gut. Wir brauchen nur etwas Zeit.«

Mutters Stimme klang, als ob sie sich selbst Mut machen wollte. Karo goss sich Milch über ihr Müsli und fing an zu essen. Nichts würde gut, solange sich dieser Kahlkopf hier herumtrieb.

»Komm, wir vertragen uns wieder«, sagte Mutter und strich ihr über die Haare.

»Lass das!«, fauchte Karo.

Mutter sah sie erschrocken an.

»Schick den Typen dahin zurück, wo er hergekommen ist. Vorher vertrag ich mich nicht.«

»Karo, bitte ...«

»Nein!«

Was stellte Mutter sich eigentlich vor? Dass sie so weiterleben würden, als sei nichts passiert? Es war ein ziemlich gutes Leben gewesen, ihr Zweierleben. Karo spürte, wie ihr schon wieder die Tränen in die Augen stiegen, wenn sie an all das dachte, was Mutter und sie immer zusammen gemacht hatten: ihre Picknicks an der Elbe, ihre Radtouren im Duvenstedter Brook, das Rudern auf den Alsterkanälen. Wenn's regnete, waren sie ins Kino gegangen oder ins Hallenbad oder Schlittschuhlaufen oder Eisessen. Und früher, als sie klein war, hatten sie eine Dauerkarte für Hagenbecks Tierpark. Fast jede Woche hatten sie dort die Elefanten beobachtet. Hatte Mutter das alles vergessen? Oder war es ihr sowieso nie so wichtig gewesen? Hatte sie sich insgeheim immer gewünscht, dass eines Tages dieser Kahlkopf hier auftauchen würde? Karo hatte Mutter noch nie mit einem Mann zusammen gesehen. Ob sie das nicht merkwürdig fände, hatte Rike sie irgendwann mal gefragt. Ihre Mutter sei doch noch jung und sähe gut aus. Die hätte bestimmt einen Verehrer. Karo hatte sich damals fast mit Rike gestritten. Sie wollte nicht, dass ihnen irgendein Verehrer auf die Bude rückte. Und nun war dieser Kahlkopf bei ihnen aufgetaucht und versuchte, alles umzuschmeißen und ihr Zweierleben in ein Dreierleben zu verwandeln. Vater, Mutter und Kind. Eine ganz normale Familie. Von wegen normal, dachte Karo und trank ihren Tee in einem Zug aus. Diese so genannte Familie war alles andere als normal.

»Essen wir heute Abend Schnitzel?«

»Ist mir egal«, antwortete Karo und stand auf. »Macht, was ihr wollt.« Sie zog ihre Jacke über, griff nach ihrer Tasche und schlug die Wohnungstür hinter sich zu.

Als sie draußen an ihrem Fahrrad vorbeikam, überlegte sie einen Moment lang, ob sie heute ausnahmsweise zur Schule radeln sollte. Dann brauchte sie wenigstens bis dahin mit niemandem zu reden.

Nein, lieber nicht. In letzter Zeit waren auf dem Schulhof wieder mehrere Räder geklaut worden. Das fehlte ihr gerade noch.

Im Bus war es so voll wie immer. Karo bahnte sich einen Weg durch das Gedränge und blieb zwischen zwei dicken Männern stehen. Vielleicht hatte sie Glück und Rike würde sie nicht sehen, wenn sie an der nächsten Haltestelle zustieg. Aber Rike entdeckte sie natürlich sofort.

»Hallo, Karo.«

»... Hallo ...«

»Ist was?«

»Wieso?«

»Ich weiß nicht ... Du guckst irgendwie so komisch ...«

Karo schluckte.

»Hast du Ärger mit deiner Mutter?«

»Hm ...«

»Bei mir hat's gestern Abend auch Krach gegeben. Weil ich mein Zimmer nicht aufgeräumt hatte. Mein Vater ist so pingelig. Das hältst du nicht aus.«

Wenn du wüsstest, was bei mir zu Hause los ist, dachte Karo. Krach um ein unaufgeräumtes Zimmer war nichts dagegen.

»Beim Abendbrot hat mein Vater dann auch noch meine Mutter angemacht. Du weißt doch, dass sie 'nen Hund haben will.«

»Hm ...«

»Und Alex und ich natürlich auch. Aber mein Vater mit seinem Sauberkeitsfimmel meint, dass Hunde nur Dreck ins Haus bringen.«

Konnte Rike nicht endlich aufhören, von ihrer Familie zu reden?

»Ich finde, mein Vater soll sich nicht so anstellen. Der muss ja schließlich nicht putzen.«

Hör auf!, dachte Karo. Hör auf oder ich platze!

»Na ja, das Ganze endete damit, dass meine Mutter vom Tisch aufstand und sagte: ›Du wirst dich schon an den Hund gewöhnen, wenn er erst mal da ist.‹ Mein Vater hat vor Wut geschäumt, aber ich wette, meine Mutter setzt sich durch.«

Karo ballte die Fäuste. Noch eine Haltestelle. Dann waren sie da.

»Hey«, rief Rike plötzlich. »Wo ist denn deine Kette?«

»... Hab ich verloren ...«

»Oh, nein! Hast du deshalb Ärger gekriegt?«

»Hm ...«

»Gestern im Schwimmbad hattest du sie noch. Das weiß ich genau. Vielleicht hast du sie auf dem Rückweg verloren. Du wolltest doch noch zum Supermarkt, oder?«

»Hm ...«

»Wir können ja heute Nachmittag da mal vorbeifahren und fragen, ob sie sie gefunden haben.«

»Ne ...«

»Aber wieso denn nicht? Das war doch so 'ne schöne Kette! Und du hast dich so gefreut, als du sie bekommen hast!«

»Ich will nicht!«, schrie Karo. »Kapierst du das nicht?«

»Sag mal, bist du noch ganz dicht? Warum schreist du mich so an?«

Karo presste die Lippen zusammen, um nicht loszuheulen. In diesem Augenblick hielt der Bus vor ihrer Schule.

Sie drängelten sich zum Ausgang durch und Karo war erleichtert, dass sie erst mal nicht weiterreden konnten.

Beim Aussteigen trafen sie David und Sven, die mit ihnen in eine Klasse gingen und irgendwas über die Mathe-Hausaufgaben wissen wollten. Rike erklärte ihnen, wie sie die Aufgaben gelöst hatte, und dann redeten sie über Herrn Kowalski, ihren Mathelehrer, der immer zu viel aufgab. Karo hätte ihr am liebsten gesagt, dass es ihr Leid täte, aber sie bekam kein Wort heraus. Warum musste sie sich an einem Tag wie heute auch noch mit Rike streiten?

In der ersten Stunde hatten sie Deutsch. Während ihre Klassenlehrerin Frau Bruns sich bemühte, irgendeine Kurzgeschichte mit ihnen zu besprechen, dachte Karo an den Kahlkopf. Er redete nicht nur merkwürdig, er sah auch merkwürdig aus. Diese blaugraue Windjacke und die altmodisch geschnittene Hose mit Bügelfalte. Und dann die Schuhe. Total unmodern.

»Karo, träumst du?«

Karo erschrak. Vor ihr stand Frau Bruns und sah sie fragend an.

»Mir ist nicht gut.«

»Bist du krank?«

»Ich weiß nicht ...«

»Willst du nach Hause gehen?«

Karo schüttelte den Kopf. Nein, nach Hause wollte sie ganz sicher nicht.

Frau Bruns runzelte die Stirn, als ahnte sie, dass hier irgendwas nicht stimmte. Dann nahm sie Jonas dran.

»Holen wir uns was zu trinken?«, fragte Rike, nachdem endlich auch die Mathestunde vorbei war.

»Ich hab keinen Durst«, murmelte Karo.

»Auch nicht auf 'ne Cola?«

Karo schüttelte den Kopf.

»Versteh ich nicht. Kannst du mir mal sagen, was heute mit dir los ist?«

Karo zuckte mit den Achseln und ging zum Fenster. Sie schaffte es einfach nicht, Rike zu erzählen, warum sie so schlechte Laune hatte. Dabei schien sie nicht mal mehr sauer zu sein wegen heute Morgen.

Als Karo sich wieder umdrehte, war Rike verschwunden. Stattdessen stand da Herr Lehnert, ihr Englischlehrer, und starrte sie mit hochrotem Gesicht an.

»Hast du das Klingeln nicht gehört?«

»Doch ...«

»Na, also. Ab nach draußen! Und dass mir das nicht noch mal vorkommt!«

Den Rest der Pause verbrachte Karo allein in einer Ecke des Hofes. Das hatte es noch nie gegeben. In der Ferne sah sie Rike mit Tina und Birte zusammenstehen. Tina erzählte irgendwas und dann lachten sie alle. Karo wünschte, sie würde auch dort stehen und könnte mitlachen.

Kurz vor der Englischstunde beschloss sie, sich doch krankzumelden. Sie wusste, dass sie die Kommentare von dem blöden Herrn Lehnert heute nicht ertragen würde, ohne in Tränen auszubrechen.

Als sie nach Hause kam, war es Viertel nach zwölf. Mutter würde nicht vor zwei zurück sein. Die Tür zu ihrem Zimmer war geschlossen. Saß dieser Kahlkopf etwa da drinnen auf Mutters Sofa?

Karo ging in die Küche und machte sich ein Käsebrot. Sie fand es richtig unheimlich, nicht zu wissen, ob außer ihr jemand in der Wohnung war oder nicht.

Um sich abzulenken, schlug sie die Zeitung

auf. Irgendwann im letzten Winter hatte sie angefangen mit dem Zeitunglesen. Kurz nach dem Fall der Berliner Mauer. Das war so aufregend gewesen. Jeden Tag hatte es riesige Schlagzeilen gegeben. Mutter hatte wochenlang über fast nichts anderes mehr geredet. Und sie hatte alles an Zeitungsausschnitten gesammelt, was sie finden konnte. Auch jetzt ging es in jedem zweiten Artikel um die DDR, die es bald nicht mehr geben würde. Gerade war beschlossen worden Deutschland noch in diesem Jahr zu vereinen.

Bei dem Wort »vereinen« blieb Karo der Bissen im Hals stecken. Dass sie nicht früher darauf gekommen war! Der Kahlkopf! So wie der aussah und wie der redete, kam der bestimmt aus dem Osten. Die konnten ja jetzt rüber in den Westen.

Hatte Mutter deshalb tagelang vorm Fernseher gesessen und sich all die Menschen angesehen, die über die Grenze zogen? Wildfremde Leute hatten sich da umarmt und geweint vor Freude. Mutter hatte auch geweint. Karo hatte sich damals nichts dabei gedacht, weil alle Eltern und Lehrer ziemlich aus dem Häuschen waren. Am Tag nach dem Fall der Mauer hatte Frau Bruns sogar den Deutschunterricht ausfallen lassen, um mit ihnen zu diskutieren.

»Wer von euch war überhaupt schon mal in der DDR?«

Der Einzige, der sich meldete, war Sven.

»Wir waren vor ein paar Jahren in Dresden. Da leben Verwandte von uns. Das war gar nicht schlecht.«

»Aber Apfelsinen hast du bestimmt nicht gekriegt«, rief David. »Die sind doch so knapp in der DDR.«

»Ich war im Sommer da. Im Sommer gibt's bei uns auch keine Apfelsinen.«

»Bei uns gibt's das ganze Jahr über alles, was du haben willst.«

»Nur in irgendwelchen teuren Läden.«

»Na und? Die Frage war, ob's bei uns im Sommer Apfelsinen gibt oder nicht. Und ich sage dir, es gibt welche.«

»Ich finde es schwachsinnig, im Sommer Apfelsinen zu essen«, rief Karo. »Da gibt's doch anderes Obst.«

»Willst du etwa damit sagen, dass es richtig ist, was die in der DDR gemacht haben?«, stichelte Tina.

»Quatsch.«

»Die drüben haben doch alle 'nen Knall«, sagte Birte und fing an zu kichern.

»Meine Verwandten haben keinen Knall«, rief Sven wütend. »Meine Verwandten sind ganz normal.«

»Haben dich deine normalen Verwandten in

ihrem Trabbi mitgenommen oder seid ihr zu Fuß gegangen?«, fragte Jonas und grinste.

»Wir sind mit dem Wagen meines Vaters gefahren.«

Karo erinnerte sich, dass die anderen sich sogar noch in der Pause über Sven und seine Fahrt in die DDR lustig gemacht hatten. Bis Sven irgendwann vor Wut angefangen hatte zu heulen.

In diesem Moment hörte Karo, wie die Wohnungstür aufgeschlossen wurde. Sie erstarrte.

»Karoline?«

Der Kahlkopf! Das konnte ja wohl nicht wahr sein! Wie kam Mutter dazu, ihm einfach einen Schlüssel zu geben?

Karo faltete die Zeitung zusammen und stand auf. Gut, dass sie früher zurückgekommen war und bereits gegessen hatte. Auf keinen Fall würde sie hier mit ihm in der Küche sitzen und irgendwelche blöden Fragen beantworten. Wie es in der Schule gewesen sei, was sie für Hobbys habe und wie ihre beste Freundin heiße.

»Ich könnte uns was kochen.«

Karo drehte sich um. Da stand er in der Tür, mit seiner Baskenmütze auf dem Kopf, und lächelte sie an.

»Ich hab schon gegessen.«

»Schade.«

Er stand noch immer in der Tür. Aber wenigstens lächelte er nicht mehr.

»Kann ich mal durch?«

»Bitte.«

Karo schob sich an ihm vorbei und ging auf ihr Zimmer zu.

»Jutta hat gesagt, dass du erst um kurz vor eins nach Hause kommst.«

»Da hat sie sich eben geirrt.«

»Karoline?«

Sie blieb stehen. Was wollte er denn jetzt noch?

»Deine Mutter und ich lieben uns. Nach all den Jahren lieben wir uns wie am ersten Tag.«

Warum erzählte er ihr das?

»Gib dir und mir doch wenigstens eine Chance.«

»Eine Chance? Was für eine Chance?«

»Uns gegenseitig kennen zu lernen.«

»Und wenn ich das nicht will?«

Er nahm seine Baskenmütze ab und strich sich über den kahlen Kopf. »Ich ... ich habe mir immer eine Tochter gewünscht.«

»Damit hab ich nichts zu tun.«

Er nickte und setzte die Mütze wieder auf.

Fünf Minuten später hörte Karo, wie die Wohnungstür ins Schloss fiel.

Sie warf einen Blick in Mutters Zimmer. Auf

dem Schreibtisch lag ein Zettel: *Liebe Jutta, ich bin gegenüber im »Senza Nome«. Dein Martin.*

Dein Martin. Dein Martin. Das war ja nicht zum Aushalten mit diesem Kahlkopf!

»Warum ist Martin ins ›Senza Nome‹ gegangen?«, fragte Mutter, als sie nach Hause kam. »Er wollte doch was für uns kochen.«

»Ich war schon fertig mit Essen.«

»Habt ihr euch gestritten?«

»Er hat versucht, sich bei mir einzuschleimen.«

»Karo, sei nicht so widerborstig. Was meinst du, wie glücklich er war, als er gehört hat, dass du seine Tochter bist!«

»Aber ich bin nicht glücklich darüber, dass er mein Vater ist.«

»Und warum nicht?«

»Ich brauch keinen Vater.«

»Aber ...«

»Lass mich in Ruhe!«

Kurz darauf verließ Mutter die Wohnung. Aus dem Treppenhaus war das schnelle Klacken ihrer Pumps zu hören, das allmählich immer leiser wurde. Jetzt musste sie unten sein. Karo sah aus dem Fenster, wie sie über die Straße lief und dabei fast einen Motorradfahrer übersehen hätte. Sie konnte es wahrscheinlich kaum abwarten, ihren Kahlkopf wieder zu sehen.

Als sie zwei Stunden später zusammen zurückkamen, hatte er einen Koffer dabei, der aussah, als wollte er mindestens einen Monat bleiben. Er nahm seine Mütze ab und nickte Karo zu.

»Wir haben Martins Koffer geholt«, sagte Mutter überflüssigerweise und zog den Kahlkopf in ihr Zimmer.

Karo sah ihnen einen Moment lang fassungslos nach, dann warf sie sich auf ihr Bett und weinte, weinte vor Wut über diesen Fremden, der die Frechheit besaß, einfach hier aufzutauchen. Und sie weinte, weil Mutter nicht mehr zu ihr, sondern nur noch zu dem Fremden hielt. Vielleicht war das das Allerschlimmste: von Mutter verraten worden zu sein.

Sie musste irgendwas tun. Sonst würde sie platzen. Plötzlich hatte sie eine Idee. In ihrer Spardose waren über fünfzig Mark. Sie würde zum Friseur gehen und sich die Haare abschneiden lassen. Ganz kurz. So kurz, dass Mutter sie kaum wieder erkennen würde!

Als die Friseurin zur Schere griff, biss Karo die Zähne zusammen. Nur jetzt nicht schlappmachen.

Eine Dreiviertelstunde später erkannte sie sich selbst kaum wieder. Sie stand vor einem Schaufenster und blickte in das Gesicht eines dünnen Mädchens mit streichholzkurzen Haaren. Mutter würde ausflippen. Und Rike? Rike auch. Sie hatten sich vor ein paar Jahren hoch und heilig versprochen, niemals allein zum Friseur zu gehen.

Sollte sie zu ihr fahren und ihr erklären, was passiert war? Rike würde sie verstehen. Rike hatte sie immer verstanden.

Karo schwang sich auf ihr Rad und fuhr los. Unterwegs überlegte sie, was sie Rike sagen sollte. »Bei uns ist gestern so 'n Typ aufgetaucht ... Angeblich ist das mein Vater.« Oder sollte sie das mit dem Vater erst mal weglassen? Sie konnte ja einfach sagen, dass Mutter jetzt 'nen Freund hatte, der wahrscheinlich aus der DDR kam. »Na, und?«, würde Rike antworten. »Ist das so schlimm?«

Nein, wenn schon, musste sie ihr alles erzählen.

Als Karo in die Körnerstraße einbog, sah sie Rike mit einem jungen Hund vorm Haus stehen. Das war zu viel. Karo bremste und machte auf der Stelle kehrt. Wenn sie heute eins nicht ertragen konnte, dann waren es Rikes Geschichten von ihrem neuen Hund.

Bei Rike

Mutter stieß nur einen kurzen, spitzen Schrei aus, als sie Karo sah. Sonst sagte sie nichts.

Rike dagegen quollen am nächsten Morgen im Bus fast die Augen aus dem Kopf. »Das ist gemein von dir! Du kannst dir doch nicht einfach die Haare abschneiden lassen. Nur weil wir uns gestritten haben.«

»Nein, deshalb nicht.«

»Sondern?«

»Das erzähl ich dir noch. Erst mal wollt ich dir sagen, dass es mir Leid tut wegen gestern.«

»Du warst ganz schön blöd.«

»Ja, ich weiß ...«

»Was war denn los?«

»Ach ...« Karo spürte, wie es in ihrer Kehle plötzlich wieder eng wurde.

»Hey, wie siehst du denn aus?«, rief da eine Stimme, die sie kannte. Es war David. Er stand hinten im Bus und zeigte mit dem Finger auf sie.

»Guck doch weg, wenn's dir nicht gefällt!«, rief Karo zurück.

»Warst du wegen des Streits mit deiner Mutter so genervt?«, fragte Rike.

»Hm ...«

»Muss ja echt schlimm gewesen sein. Das hätt ich ihr gar nicht zugetraut. Die ist sonst immer so nett.«

»Im Moment ist sie unausstehlich.«

»Genau wie mein Vater.«

Bei dem Wort »Vater« bekam Karo eine Gänsehaut. Sie hatte den Kahlkopf seit gestern Mittag nicht mehr gesehen. Aber nur, weil sie fast die ganze Zeit in ihrem Zimmer geblieben war. Mit Mutter hatte sie auch nicht geredet.

»Kaufen wir uns nach der Englischarbeit 'ne Cola?«, fragte Rike.

»Oh, an die Arbeit hab ich gar nicht mehr gedacht.«

»Macht ja nichts. Das wird schon klappen.«

Aber in der zweiten Stunde, als es losgehen sollte, klappte bei Karo überhaupt nichts. Je länger sie auf das Blatt Papier starrte, umso mehr verschwammen die Buchstaben vor ihren Augen. Stattdessen tauchte das Bild des Kahlkopfes vor ihr auf, der Mutters Hand festhielt, als wollte er sie nie wieder loslassen.

Kurz bevor es klingelte, wurde es in ihrem Kopf wieder etwas klarer und sie schaffte es gerade noch, den Lückentext auszufüllen. Für die Grammatikaufgaben und die unregelmäßigen Verben war es zu spät.

»Ich hab die Arbeit verhauen«, sagte sie zu Rike, als sie in den Hof hinuntergingen.

»Wieso? Die war doch nicht schwer.«

»Ich weiß auch nicht ... Bei mir war alles wie ausgelöscht ...«

»So schlimm wird's schon nicht sein.«

»Doch«, sagte Karo und fing an zu weinen. »Es ist so schlimm. Es ist sogar noch viel schlimmer.«

Rike legte ihren Arm um Karos Schulter. »Soll ich dir 'ne Cola holen?«

Karo schüttelte den Kopf.

»Weinst du wegen der Arbeit?«

»... Nein ...«

»Weswegen denn?«

»... Weil ... weil ...« Jetzt bekam Karo vor lauter Tränen kein Wort mehr heraus.

»Brauchst du 'n Taschentuch?«

Sie nickte. Rike zog eins aus ihrer Tasche.

Es dauerte eine Weile, bis Karo aufhören konnte zu weinen. Und wenn Rike nicht neben ihr gestanden hätte, hätte es noch viel länger gedauert.

»Bei uns ist vor zwei Tagen so 'n Typ aufgetaucht«, sagte sie und wischte sich die Tränen ab. »Ich hab ihn sogar selbst reingelassen. Und als ich 'n paar Minuten später in den Flur kam, standen meine Mutter und dieser Typ da und umarmten sich wie verrückt. Ich wusste gar nicht, was ich machen sollte.«

»Hat sie dir nichts davon erzählt, dass sie sich verliebt hat?«

»Ne ...«

In diesem Augenblick klingelte es und Karo war beinahe froh darüber. Über die Sache mit dem Vater hätte sie hier auf dem Schulhof sowieso nicht reden können.

»Vielleicht ist es ja ganz gut, dass deine Mutter sich mal verliebt hat«, sagte Rike, als sie ins Klassenzimmer zurückgingen.

»Ich find das überhaupt nicht gut«, sagte Karo. »Bei uns ist nichts mehr wie früher.«

In der Mathestunde schob Rike ihr einen Zettel zu. *Willst du nach der Schule mit zu mir kommen?*, stand darauf.

Ja, gern, schrieb Karo zurück.

Dann ruf ich in der nächsten Pause zu Hause an und sag, dass du bei uns isst.

Super!

»Könnt ihr zwei gefälligst mal aufhören mit dieser Zettelschreiberei!«, rief Herr Kowalski.

Karo und Rike sahen sich an und kicherten. Ein Glück, dass sie sich wieder vertrugen.

Als sie zu Wiecherts kamen, hörten sie schon von draußen ein lautes Bellen.

»Das ist Max«, sagte Rike.

»Der Golden Retriever.«

Rike schaute sie verblüfft an. »Woher weißt du denn, dass Max ein Golden Retriever ist?«

»Weil ich dich gestern Nachmittag mit ihm gesehen habe, bei euch vorm Haus.«

»Du warst hier???«

»Ja, ich wollte mich bei dir entschuldigen und dir erklären, was passiert ist. Aber ich hab's irgendwie nicht geschafft.«

Rike gab ihr einen kleinen Knuff. »Jetzt ist ja alles wieder in Ordnung. Ich wär übrigens auch beinahe bei dir vorbeigefahren, aber dann ist meine Mutter mit dem Hund nach Hause gekommen, und seitdem herrscht hier das totale Chaos.«

Rike schloss die Tür auf und sofort kam Max auf sie zugeschossen. Er sprang an ihnen hoch und leckte ihnen die Hände ab.

»Ist der süß!«, rief Karo und hockte sich hin, um Max zu streicheln.

»Er ist erst sechs Wochen alt und pinkelt noch überall hin.«

»Und was sagt dein Vater dazu?«

»Der will, dass wir ihn zurückbringen. Aber meine Mutter und Alex und ich sind natürlich dagegen.«

»Hallo, ihr beiden.«

Karo drehte sich um. Vor ihr stand Frau Wiechert und streckte ihr lächelnd die Hand entgegen. »Wie schön, dass du mitgekommen bist.«

»Tag«, sagte Karo.

»Stehen dir gut, die kurzen Haare.«

»Danke.«

»Gefällt dir unser Max?«

»Und wie!«

In diesem Moment kam die Haushälterin mit rotem Kopf auf sie zugelaufen. »Jetzt reicht's mir aber! Der Hund hat die Salami aufgefressen!«

»Nicht aufregen, liebe Frau Bergmeier«, sagte Frau Wiechert.

»So ein Viech hat mir gerade noch gefehlt!«

»Wir dürfen halt nichts mehr auf dem Tisch liegen lassen.«

Frau Bergmeier schnaufte wütend und verschwand wieder in der Küche.

»Oje«, murmelte Rike. »Jetzt hat Papa 'ne Verbündete.«

»Die werden sich an ihn gewöhnen«, sagte Frau Wiechert und kraulte Max zwischen den Ohren.

»Was gibt's heute?«, fragte Rike.

»Lasagne mit Salat.«

»Hm, lecker!« Karo merkte plötzlich, wie hungrig sie war.

»Essen wir auf der Terrasse?«, fragte Rike.

Frau Wiechert nickte. »In zehn Minuten geht's los. Ich muss schnell noch ein paar Anrufe erledigen.«

Wiecherts wohnten nicht in einer Wohnung, wie die meisten Menschen, die Karo kannte, sondern sie besaßen ein eigenes Haus. Es lag direkt an einem Alsterkanal und hatte sogar einen Bootssteg.

»Willst du deiner Mutter Bescheid sagen, dass du bei uns bist?«, fragte Rike.

»Ne ...«

Karo hatte sich schon unterwegs überlegt, dass sie Mutter nicht anrufen würde. Sollte sie doch selbst darauf kommen, dass sie lieber bei Rike aß.

»Komm, wir gehen nach draußen«, schlug Rike vor.

Max schlitterte schwungvoll über das blanke Parkett und war noch vor ihnen an der Terrassentür.

Im Garten lag Alex in der Hängematte und grinste. »Na, ihr? Ist der Alte schon da?«

»Keine Ahnung«, antwortete Rike. »Hast du wieder 'ne Fünf geschrieben?«

»Nein ...«

»Sondern?«

»Sag ich dir nicht.«

»Wenn's was ist, worüber Papa sich aufregt, erzähl's ihm erst nach dem Essen. Wir wollen heute mal unsere Ruhe haben.«

»Was soll er mir erst nach dem Essen erzählen?«

Karo zuckte zusammen. Hinter ihnen stand Herr Wiechert und sah sehr vornehm aus in seinem dunkelblauen Anzug mit Weste. Vielleicht mussten Rechtsanwälte so aussehen. Herr Wiechert trug nie Krawatten, sondern nur Fliegen. Heute war es eine blaurot gestreifte. Karo mochte Herrn Wiechert, auch wenn Rike sich noch so sehr über ihn aufregte.

»Guten Tag, Karoline.«

»Tag, Herr Wiechert.«

»Also, Alexander, raus mit der Sprache.«

Während Alex sich langsam aus der Hängematte schälte, versuchte Herr Wiechert, Max zu verscheuchen. Aber der schien ihn besonders gern zu mögen. Immer wieder kam er zu ihm zurück und leckte ihm die Hand.

»Dieser schlabbernde Hund ist ja nicht zum Aushalten!«, rief Herr Wiechert.

»Doch!«, riefen Rike und Alex.

Herr Wiechert ließ sich seufzend auf einen Stuhl fallen. »Immer werde ich überstimmt.« Dann meinte er ernst: »Alexander, ich höre.«

»Aber nicht schimpfen.«

»Kommt ganz darauf an.«

»Ich bin heute zum Kapitän der Hockeymannschaft ernannt worden.«

»Na, wunderbar! Herzlichen Glückwunsch!«, rief Herr Wiechert. »Das hast du dir auch wirklich verdient!«

Alex strahlte.

»Endlich mal 'ne gute Nachricht«, sagte Rike.

In diesem Moment hob Max sein Bein und pinkelte in die Blumenschale. Karo, Rike und Alex prusteten los, während Herr Wiechert nur wortlos den Kopf schüttelte.

Sie hatten sich alle gerade an den Tisch gesetzt und wollten anfangen zu essen, als das Telefon klingelte.

»Oh, nein!«, stöhnte Frau Wiechert. »Das ist bestimmt für mich.«

Aber es war Mutter, die Karo sprechen wollte. Sofort war Karos gute Laune wieder verschwunden.

»Wo bleibst du denn?«

»Ich esse bei Rike.«

»Und warum hast du nicht Bescheid gesagt? Ich hab mir schon Sorgen gemacht.«

Karo antwortete nicht.

»Es gibt heute Spaghetti mit Tomatensoße.«

»Dann guten Appetit«, sagte Karo und legte den Hörer auf. Glaubte Mutter etwa, sie könnte sich wieder bei ihr einschmeicheln, nur weil sie ihr Lieblingsessen gekocht hatte?

»Alles in Ordnung zu Hause?«, fragte Frau Wiechert, als Karo an den Tisch zurückkam.

Karo nickte, aber sie sah niemanden dabei an.

Später, als sie in Rikes Zimmer saßen und Musik hörten, überlegte Karo, ob sie jetzt auch noch den Rest der Geschichte erzählen sollte.

»Seit wann kennt deine Mutter diesen Typen?«, fragte Rike da plötzlich.

Karo schluckte. »Schon lange.«

»Und warum hat sie ihn die ganze Zeit vor dir versteckt?«

Karo machte die Augen zu. Wie sollte sie es Rike nur sagen?

»Ist irgendwas mit ihm?«

»Wie meinst du das?«

»Na ja, ist er ... 'n Trinker?«

»Ich weiß nicht ...«

»Oder ... hat er im Knast gesessen?«

»Glaub ich nicht ...«

»Irgend ’nen Grund muss sie doch haben.«

»Er sieht so aus, als ob er aus dem Osten kommt ...«

»Ehrlich?«

»So wie der angezogen ist ... und dann redet er auch so komisch ...«

»Aber wie hat deine Mutter denn jemanden aus dem Osten kennen gelernt?«

»Keine Ahnung.«

»War sie vielleicht in Berlin, als die Mauer gefallen ist? Da haben sich doch auf einmal lauter Leute umarmt, die sich noch nie vorher gesehen hatten.«

»Ne, das war ja erst vor ’nem halben Jahr. Meine Mutter kennt den Typen schon länger. Sie hat mal in Berlin studiert ...«

»Das ist ja ’ne Ewigkeit her.«

»Etwa zwölf Jahre ...«

»Da warst du noch nicht mal auf der Welt.«

Karo starrte nach draußen in den Garten, wo Max zwischen den Blumen herumtobte.

»Meine Mutter behauptet, dass dieser Typ ... mein Vater ist ...«

»Waaas? Ich dachte, dein Vater ist tot.«

Karo sah Rike an. »Das dachte ich auch ... bis vorgestern.«

»Und davor hat er sich nie blicken lassen, weil er nicht aus der DDR rauskonnte?«

»Vielleicht ...«

»Hast du deine Mutter nicht gefragt?«

»Nein ... Sie will mir andauernd irgendwas erzählen, aber ich will es gar nicht wissen.«

»Und warum nicht?«

»Weil ich keinen Vater haben will!«, rief Karo. »Ist das so schwer zu begreifen?« Jetzt musste sie schon wieder weinen. Sie kauerte sich hin und schlug die Hände vors Gesicht. Warum verstand bloß niemand, wie ihr zumute war?

»Nicht weinen ...«, sagte Rike und nahm sie in die Arme. »Hast du dir deshalb die Haare abschneiden lassen?«

Karo nickte. »Der Typ ... soll verschwinden ... und sich hier nie wieder blicken lassen ...«

»Und wenn er das nicht tut?«

»Dann werden die sich noch wundern.«

Karo musste auf einmal an die Kette denken. Immer wenn sie an ihren Hals fasste, kam es ihr so vor, als ob da was fehlte. »Scheißkette«, murmelte sie.

»Wieso?«, fragte Rike. »Was hat die denn damit zu tun?«

»Die ist von ihm«, antwortete Karo und putzte sich die Nase. »Deshalb hab ich sie nicht mehr um. Er hat sie früher mal meiner Mutter geschenkt ...«

Eine Zeit lang schwiegen sie beide.

»Willst du übers Wochenende bei uns bleiben?«, fragte Rike.

Karo schaute Rike an und nickte. »Wenn deine Eltern nichts dagegen haben ...«

»Bestimmt nicht. Ich ruf in der Galerie an und frag meine Mutter.«

Als Rike zurückkam, strahlte sie. »Alles okay. Aber du sollst zu Hause anrufen.«

»Hast du deiner Mutter erzählt, was los ist?«

»Ja. Durft ich das nicht?«

»Doch ...«

Mutter nahm sofort den Hörer ab. Als Karo ihr sagte, dass sie übers Wochenende bei Rike bleiben wolle, war erst mal Schweigen am anderen Ende der Leitung.

»Und ... wie soll es dann weitergehen?«

»Wenn der Typ am Sonntagabend nicht weg ist, zieh ich zu Opa.«

»Aha ... Ich kann's übrigens immer noch nicht fassen, dass du dir die Haare abgeschnitten hast. Ohne mir vorher einen Ton zu sagen.«

»Und heute hab ich die Englischarbeit verhauen. Das wär sonst auch nicht passiert.«

»Ach, Karo, das ist doch nicht so schlimm.«

»Das ist schlimm!«, schrie Karo und knallte den Hörer auf die Gabel.

Sie hätte wetten können, dass Mutter sofort zurückrufen würde, aber nichts geschah.

»Na, was hat sie gesagt?«, fragte Rike, als Karo ins Zimmer zurückkam.

»Begeistert war sie nicht, aber sie hat's auch nicht verboten.«

»Wollen wir 'ne Runde rudern?«

Karo nickte. Wie gut, dass es Rike gab. Sonst würde sie noch verrückt.

Eins zu null für Karo

Es war warm an diesem Wochenende und die Sonne schien. Karo und Rike ruderten auf den Alsterkanälen, sie gingen schwimmen und spielten stundenlang mit Max. Sie hatten so viel Spaß, dass Karo manchmal sogar den Kahlkopf vergaß.

Am Sonntagmittag, als sie auf der Terrasse saßen und Eisschokolade tranken, klingelte das Telefon.

»Guten Tag, Frau Delius«, hörte Karo Herrn Wiechert sagen.

Karos Herz schlug schneller. Rief Mutter an, um zu sagen, dass der Kahlkopf weg sei und sie nach Hause kommen könne?

Aber Mutter wollte nicht sie sprechen, sondern Frau Wiechert. Was sollte das denn bedeuten? Karo ahnte nichts Gutes.

Es dauerte eine Ewigkeit, bis Frau Wiechert

wieder auf die Terrasse kam. Ihr Gesicht war ernst. »Karo, deine Mutter ist ziemlich verzweifelt. Sie möchte, dass du so schnell wie möglich nach Hause kommst.«

Karo starrte auf die Eisschokolade. Ihr war der Appetit vergangen.

»Ich dachte, Karo dürfte bis heute Abend bleiben«, sagte Rike.

»Ja, aber jetzt hat ihr Vater beschlossen, noch heute nach Berlin zurückzufahren, wenn Karo ihn weiterhin nicht sehen will.«

Karo horchte auf. Dann war sie fast am Ziel!

»Er macht sich große Vorwürfe, weil Karo durch sein Auftauchen völlig aus der Bahn geworfen worden ist.«

Soll er ruhig, dachte Karo.

»Die Situation ist für euch alle sehr schwierig«, sagte Frau Wiechert und legte eine Hand auf Karos Arm. »Aber es hilft ja nichts, den Kopf in den Sand zu stecken.«

Karo schluckte.

»Deine Mutter möchte, dass ihr euch gleich in Ruhe zusammensetzt und alles besprecht.«

»Zu dritt?«, fragte Rike.

»Ja. Es geht ja schließlich um Karo und ihre Eltern.«

Karo sprang auf und rannte ins Haus. Sie schloss sich im Badezimmer ein und presste die

Stirn gegen die kalten Fliesen. Eltern. Eltern. Wie sie dieses Wort hasste!

Von der Terrasse waren jetzt laute Stimmen zu hören.

»Du kannst doch Karo nicht einfach zurückschicken!« Rike klang empört.

»Aber wenn ihre Mutter mich so dringend darum bittet?«

»Sie will nicht nach Hause.«

»Rike, ich kann es nicht ändern.«

»Das finde ich gemein von dir.«

Rike war die Einzige, die wirklich zu ihr hielt, dachte Karo. Sie holte ihre Tasche aus Rikes Zimmer und wollte sich schon davonschleichen, als Max auf sie zugeschossen kam.

»Tschüs, Max«, murmelte Karo.

Plötzlich stand da auch Frau Wiechert und strich ihr über den Kopf. »Karo, du darfst jederzeit wiederkommen, wenn deine Mutter es erlaubt.«

»Danke.«

Rike kam noch mit zum Gartentor. »Ich drück dir die Daumen.«

»Wofür?«

»Dass es nicht so schlimm wird.«

»Vielleicht geh ich gar nicht nach Hause ...«

»Sondern?«

»Ich weiß nicht ...«

»Versuch's doch wenigstens.«

Karo zuckte mit den Achseln. »Mal sehen.«

»Bis morgen.«

Langsam ging Karo die Körnerstraße entlang und bog dann in den Mühlenkamp ein. Was sollte sie jetzt machen? Alles in ihr sträubte sich dagegen, mit Mutter und dem Kahlkopf in der Wohnung zu sitzen und zu reden. Worüber sollten sie auch reden? Die Sache war doch klar. Der Kahlkopf musste verschwinden. Und anscheinend war er ja selbst schon auf die Idee gekommen, dass es am besten war, wenn er noch heute nach Berlin zurückfuhr.

Karo blieb stehen und wischte sich über die Stirn. Warm war's! Am liebsten würde sie schwimmen gehen. Aber dafür müsste sie nach Hause und ihr Badezeug holen. Und Mutter würde sie natürlich nicht wieder weglassen. Wenn sie wenigstens ihr Fahrrad hätte! Dann könnte sie durch die Gegend radeln und abwarten, bis der Kahlkopf abgereist war. Oder sie könnte Opa besuchen. Ja, das war noch besser. Den Schlüssel vom Fahrradkeller hatte sie dabei. Sie würde versuchen, sich in den Keller zu schleichen und ihr Rad zu holen. Wenn niemand auf dem Balkon war und Mutter nicht gerade den Müll runterbrachte, müsste das klappen.

Der Kuhnsweg lag ausgestorben in der Sonne. Karo blinzelte hinauf zum dritten Stock. Sie hatte Glück. Der Balkon war leer. Und auch im Keller lief ihr niemand über den Weg.

Ein paar Minuten später radelte sie schon in Richtung Eimsbüttel.

»Das ist ja eine Überraschung!«, rief Opa und nahm ihr die Tasche ab. »Und eine neue Frisur hast du auch.«

»Ich dachte, ich besuch dich mal wieder.«

»Willst du einen Kakao oder lieber einen Orangensaft?«

»Einen Orangensaft.«

»Zufällig habe ich auch zwei Quarkhörnchen.«

»Hmmm, lecker!«

Als sie sich kurz darauf in der Küche gegenübersaßen und ihre Quarkhörnchen aßen, fing Karo an, vom Kahlkopf zu erzählen.

Opa seufzte. »Das ist auch wirklich eine vertrackte Situation.«

»Denkt Mutter, dass ich das so einfach schlucke?«

»Nein ...«

»Ich kann den Typen nicht ausstehen und ich will keinen Vater!«

»Sie macht sich große Sorgen um dich. Aber ansonsten ist sie natürlich sehr glücklich ...«

»War sie vorher nicht glücklich?«

»Doch ... Aber dieser Mann ist nun mal die Liebe ihres Lebens. Sie sagt, er sei ein wunderbarer Mensch.«

»Klingt wie aus 'ner Seifenoper.«

»Jemand, der die Ruhe bewahrt, wenn sie aus der Haut fährt.«

»Ich weiß nur, dass er alles kaputtmacht.«

In diesem Augenblick klingelte das Telefon.

»Wetten, dass das Mutter ist?«, rief Karo.

»Hast du ihr nicht gesagt, dass du hier bist?«

»Nein.«

Opa nahm den Hörer ab. Karo hörte nur, wie er irgendwas vor sich hin murmelte und dann wieder auflegte.

»Sie ist ganz schön wütend, aber trink mal trotzdem in Ruhe deinen Saft aus.«

Als Karo eine Stunde später nach Hause kam, begegnete ihr unten im Hausflur Frau Becker mit ihrem zitternden Zwergpinscher.

»Ihr habt wohl Besuch, was?«

»Ich nicht.«

Frau Becker sah sich um, ob auch niemand zuhörte, bevor sie flüsterte: »Und was ist mit dem Mann, der seit 'n paar Tagen bei euch ein und aus geht?«

Karo zögerte. Dann hatte sie plötzlich eine Idee. »Das ist der neue Lover meiner Mutter.«

»Der neue ... was?«

Karo kicherte. »Der neue Lover. Wissen Sie nicht, was ein Lover ist?«

Frau Becker runzelte die Stirn.

»Ein Liebhaber.«

»Wirklich?« Frau Becker starrte sie mit offenem Mund an. »Und ich dachte immer, deine Mutter ist so seriös.«

»So kann man sich täuschen.«

Karo stieg langsam die Treppen hinauf. Ein Liebhaber wäre ja noch harmlos. Verglichen mit diesem Typen, der behauptete, ihr Vater zu sein.

Mutter saß im Wohnzimmer und las. Der Kahlkopf war nirgendwo zu sehen. »Warum bist du erst zu Opa gefahren, anstatt direkt nach Hause zu kommen?«

»Ich hatte eben Lust, Opa zu besuchen.«

»Du weißt genau, dass Martin und ich mit dir reden wollten.«

»Ja, eben.«

Mutter seufzte.

»Ich fand das saublöd von dir, dass du bei Wiecherts angerufen hast.«

»Das kann ich mir denken.«

Karo warf ihre Tasche in die Ecke. »Ist der Typ weg?«

Mutter klappte ihr Buch zu und stand auf.

»Nun sag doch schon.«

Sie seufzte wieder. »Martin ist vor einer halben Stunde gefahren –«

»Na endlich!«, rief Karo.

»Zurück nach Berlin.«

»Nach Ostberlin?«

»Ja«, sagte Mutter und schaute sie erstaunt an. »Wie kommst du darauf?«

Karo grinste. »Das sieht man doch sofort, dass der aus dem Osten ist!«

»Nun sei mal nicht so überheblich.«

»Wer läuft denn hier schon so rum?«

»Du weißt gar nicht, wovon du redest.«

»Ich weiß nur, dass der Typ superpeinlich aussieht in seinen komischen Klamotten.«

»Ist das so wichtig, was er anhat?«

»Jetzt nicht mehr. Jetzt ist er ja weg!«

Mutter sah sie an und schüttelte den Kopf. »So kenn ich dich gar nicht.«

»Hoffentlich bleibt er auch weg!« Karo ließ sich aufs Sofa fallen.

»Dabei war er so froh, bei uns zu sein ...«

»Ich hab eine Superidee«, sagte Karo und fing an zu kichern.

»Aha ...«

»Damit wären wir alle Probleme los.«

»Erzähl!«

»Die DDR baut die Mauer einfach wieder auf.«

Mutter starrte sie entgeistert an. Dann verschwand sie in Richtung Küche. Karo streckte sich auf dem Sofa aus und fing an zu pfeifen. Eins zu null für sie. Sollte Mutter doch von ihr denken, was sie wollte. Hauptsache, der Kahlkopf hatte begriffen, dass hier kein Platz für ihn war.

Die Ruhe vor dem Sturm

»Wie war's?«, fragte Rike am Montagmorgen im Bus.

»Der Typ ist weg.«

»Bist du doch nach Hause gefahren?«

»Ja, aber zuerst war ich noch bei meinem Opa.«

»Und was hat deine Mutter dazu gesagt?«

»Die war ziemlich sauer. Und das ist sie auch immer noch.«

»Was willst du denn jetzt machen?«

»Gar nichts. Die wird sich schon wieder beruhigen.«

Und so war es auch. Mutter war zwar etwas stiller als sonst, aber Karo tat so, als ob sie das nicht merken würde. Und nach ein paar Tagen war sie wieder normal.

Als Karo freitags mit einer Vier minus in der Englischarbeit nach Hause kam, nahm Mutter sie in die Arme und murmelte etwas von einem Ausrutscher, über den sie sich mal keine Sorgen machen solle. Vom Kahlkopf wurde nicht mehr geredet. Ja, es kam Karo beinahe so vor, als sei das Ganze nur ein böser Traum gewesen.

»Wollen wir heute Nachmittag ins Kino gehen?«, fragte Mutter sonntags beim Frühstück.

Karo nickte. »Das haben wir schon ewig nicht mehr gemacht.«

»Ja, eben. Im ›Abaton‹ läuft ›Cinema Paradiso‹.«

»Ist das der Film mit dem kleinen Jungen, der so gern ins Kino geht?«

»Genau.«

Es war alles wie früher. Sie fuhren mit dem Rad an der Alster entlang, vorbei an lauter Leuten, die Eis aßen oder ihre Hunde spazieren führten. An der Kleinen Rabenstraße bogen sie rechts ab in Richtung Uni, wo Mutter studiert hatte. Jedes Mal, wenn sie an der Mensa vorbeikamen, wartete Karo nur darauf, dass Mutter ihr die grüne Bank zeigte, auf der ihr mal schlecht geworden war. Es war am Tag ihrer Englisch-Examensklausur gewesen und sie hätte es beinahe nicht mehr in den Prüfungsraum geschafft. Karo ging damals noch nicht zur Schule, sondern in eine Kindergruppe, an die sie sich sehr gut erinnern konnte. Sie wurde immer als Letzte abgeholt, weil Mutter so viel fürs Examen lernen musste und außerdem an einer Sprachenschule unterrichtete.

Heute radelten sie an der Bank vorbei, ohne dass Mutter irgendwas sagte. Fast hätte Karo ihr zugerufen, dass sie ihren Spruch über die Bank vergessen habe, aber dann tat sie es doch nicht. Wahrscheinlich fand Mutter es inzwischen albern, dieses Spiel mit ihr zu spielen. Oder sie hatte nicht mehr dran gedacht, weil sie an den Kahlkopf denken musste. Nein, Unsinn. Der Kahlkopf war auf und davon. Und geschrieben oder angerufen hatte er auch nicht. Das hätte sie gemerkt.

Im Kino kauften sie sich eine Tüte Popcorn und zwei Rollen Mentos. Mutter traf eine Kollegin aus ihrer Schule, von der sie sich jedoch schnell wieder verabschiedete. Dies sei eine Unternehmung zu zweit, flüsterte sie Karo ins Ohr. Karo fand das etwas übertrieben. Die Kollegin hätte doch ruhig neben ihnen sitzen können.

Ihre Lieblingsplätze in der Mitte der dritten Reihe von hinten waren noch frei. Karo hatte sich gerade in ihren Sessel fallen gelassen und angefangen, ihr Popcorn zu essen, als sie stutzte. Ein Stück weiter vor ihnen saß ein Mann, der von hinten genauso aussah wie der Kahlkopf.

»Was ist?«, fragte Mutter.

In diesem Moment drehte sich der Mann um und winkte jemandem zu. Er war mindestens zwanzig Jahre jünger als der Kahlkopf.

»Nichts«, antwortete Karo. »Ich dachte, da sitzt jemand, den du kennst.«

Der Film packte Karo so sehr, dass sie alles um sich herum vergaß. Wie dieser kleine Junge darum kämpfte, ins Kino gehen zu dürfen, das war so komisch und traurig zugleich. Und wie der Filmvorführer, der ihn zu Anfang immer wegjagte, schließlich sein Freund wurde, obwohl er viel älter war, so alt, dass er sein Vater hätte sein können. Als der kleine Junge den Mann aus einem Feuer rettete, aber nicht verhindern konnte, dass er blind wurde, da musste Karo plötzlich weinen. Und Mutter weinte auch. Karo kuschelte sich an ihre Schulter und Mutter legte den Arm um sie und hielt sie ganz fest. So hatten sie seit dem Auftauchen vom Kahlkopf nicht mehr zusammengesessen. Karo machte einen Moment lang die Augen zu. Wie gut Mutter roch! Das hatte sie schon fast vergessen.

An dem Abend schlief Karo mit dem Gefühl ein, dass Mutter und sie endlich ihr Zweierleben wiederhatten. Und von jetzt an würde es niemandem mehr gelingen, dieses Zweierleben zu zerstören.

»Habt ihr eigentlich irgendwas von ... deinem Vater gehört?«, fragte Rike zwei Wochen später, als sie auf der Schwimmbadwiese lagen und Eis aßen.

»Ne. Der ist ja weg. Und der bleibt auch weg.«

»Glaubst du wirklich?«

»Ja, klar. Was denkst du denn?«

»Ich weiß nicht ... Ich könnte mir vorstellen, dass er irgendwann noch mal nach Hamburg kommt.«

»Quatsch! Das Wort ›Vater‹ kannst du dir übrigens schenken.«

»Wieso? Ich denke, das ist dein Vater.«

»Der hat mich vielleicht gezeugt, aber mein richtiger Vater ist er deshalb noch lange nicht.«

»Und wie nennst du ihn?«

Karo grinste. »Den Kahlkopf.«

»Hat er 'ne Glatze?«

»Ne, 'n paar Haare hat er noch.«

»Ist er schon älter?«

»Uralt.«

»Und was sagt deine Mutter dazu, dass er wieder weg ist?«

»Nichts.«

»Komisch.«

»Wieso?«

»Die hat sich doch so gefreut, als er gekommen ist.«

»Vielleicht freut sie sich ja jetzt, dass sie wieder ihre Ruhe hat.«

Rike sah sie zweifelnd an.

»Du brauchst gar nicht so zu gucken. Bei mir zu Hause ist alles okay.«

»Dann ist es ja gut«, sagte Rike, aber ihre Stimme klang nicht so sicher.

»Komm, wir gehen ins Wasser!« Karo sprang auf. Sie hatte genug von diesem Gerede über den Kahlkopf.

Aber auf dem Nachhauseweg musste sie trotzdem wieder an Rikes Fragen denken. Was war, wenn sie Recht hatte mit ihren Zweifeln? Wenn der Kahlkopf tatsächlich irgendwann nach Hamburg zurückkäme? Nein, das würde er nicht wagen. Und außerdem würde Mutter ihn sofort wieder wegschicken. Mutter hielt jetzt zu ihr. Das wusste sie.

Der große Knall

Als Karo zwei Tage später aus der Schule kam, lag ein Brief für Mutter im Briefkasten. Aus Berlin. Absender: M. Kleßmann, Kollwitzstraße 84. Karo schluckte. Warum schrieb der Kahlkopf jetzt plötzlich einen Brief an Mutter? Oder war dies gar nicht der erste Brief? Hatte Mutter ihr nur von den anderen Briefen nichts erzählt? Meistens war Karo diejenige, die die Post aus dem Briefkasten holte. Aber nicht immer. Hatte Mutter in letzter Zeit versucht, ihr zuvorzukommen? Was war, wenn Mutter und der Kahlkopf irgendwas planten?

Karo rannte die Treppen nach oben. Der Brief brannte wie Feuer zwischen ihren Fingern. Sollte sie ihn lesen? Sie könnte den Umschlag mit Wasserdampf öffnen und hinterher gleich wieder zukleben. Oder sollte sie ihn einfach wegwerfen? Nein, das würde doch irgendwann rauskommen. Sie beschloss, den Brief auf Mutters Schreibtisch zu legen und erst mal gar nichts zu sagen.

Den ganzen Nachmittag tat Mutter so, als sei nichts passiert. Erst abends, als Karo schon im Bett lag, fing sie an, von dem Brief zu sprechen.

»Du hast ja gesehen, dass Martin mir heute geschrieben hat.«

Karo sagte nichts, sondern starrte nur nach oben an die Decke.

»Wir glauben, dass sich in den letzten Wochen alles etwas beruhigt hat.«

Karo begann die kleinen, feinen Risse im Putz zu zählen.

»Und da dachten wir, dass wir es jetzt noch mal miteinander versuchen könnten.«

Drei, vier, fünf, zählte Karo.

»Martin hat seit seiner Abreise aus Hamburg ständig an uns gedacht.«

Sechs, sieben, acht.

»Und ich natürlich auch an ihn.«

Neun, zehn, elf.

»Manchmal hab ich überlegt, ob du wohl auch an ihn denkst.«

Gleich, gleich würde die Decke runterkommen.

»Na ja, vielleicht willst du heute Abend noch nicht darüber reden.«

Karo rührte sich nicht.

»Schlaf erst mal und morgen sehen wir weiter.«

Mutter strich ihr über die Haare und gab ihr einen Kuss auf die Stirn.

Karo rührte sich immer noch nicht. Und sie sagte auch nichts. Von jetzt an würde sie zu Hause nie mehr was sagen. Da konnte Mutter sich auf den Kopf stellen.

Es dauerte nicht lange, bis Karo sich an das Schweigen gewöhnt hatte. Ja, sie fing sogar an, es zu genießen. Mutter versuchte immer wieder, sie zum Reden zu bringen. Mal bat sie sie, doch vernünftig zu sein. Mal flehte sie sie an, nicht alles noch schlimmer zu machen. Mal schrie sie, sie solle sofort mit dem Unsinn aufhören. Aber Karo blieb stur, sogar übers Wochenende. Solange sie schwieg, würde auch der Kahlkopf nicht kommen. Da war sie sich sicher.

»Ist dein Vater wieder da?«, fragte Rike montags im Bus.

»Wieso?«

»Ich hab deine Mutter gestern mit ’nem Mann gesehen.«

»Wo?«

»An der Alster.«

»Das kann nicht sein.«

»Der Mann hatte 'ne Halbglatze und war ganz anders angezogen als die Leute hier. Der war bestimmt aus dem Osten.«

War der Kahlkopf etwa schon länger wieder in Hamburg und wohnte irgendwo im Hotel?

»Ich fand, er sah nett aus.«

In Karos Kopf begann sich alles zu drehen. Wenn sie nicht sofort ausstieg, würde ihr schlecht. Sie schob sich an Rike vorbei in Richtung Tür.

»Hey, Karo!«, rief die hinter ihr her. »Wo willst du denn hin?«

Zum Glück hielt der Bus in diesem Moment. Karo stieg aus und lief los, ohne sich umzudrehen.

Gleich zwanzig vor acht.

In der ersten Stunde hatten sie Mathe. Wenn sie rannte, würde sie es gerade noch schaffen. Und wenn sie nicht rannte, würde Herr Kowalski sie als verspätet ins Klassenbuch eintragen.

Karos Blick fiel auf eine Bank. Wenn sie sich dagegen hier in die Sonne setzte, würde Herr Kowalski glauben, sie sei krank. Natürlich könnte Rike ausplaudern, dass sie sie im Bus gesehen hätte. Aber sehr wahrscheinlich war das nicht. Und selbst wenn. Karo war jetzt alles egal.

Sie setzte sich hin und starrte auf ihre Füße. Seit sechs Tagen hatte sie kein Wort mehr mit Mutter gesprochen. Was musste sie denn noch tun, damit die endlich kapierte, wie enttäuscht sie von ihr war? Mutter hatte sie betrogen, ganz gemein betrogen! Wochenlang hatte sie so getan, als sei alles wie früher. Und sie war ihr auf den Leim gegangen, hatte nicht gemerkt, dass Mutter sich von Anfang an mit dem Kahlkopf abgesprochen hatte. Aber nachdem sie den Brief gefunden hatte und die ganze Sache aufgeflogen war, hatte sie gedacht, dass Mutter den Kahlkopf zum Teufel schicken würde. Stattdessen ließ sie ihn nach Hamburg kommen und traf sich heimlich mit ihm! Das war einfach zu viel!

Viertel nach acht. Sollte sie zur zweiten Stunde in die Schule gehen? Da hatten sie Deutsch. Nein. Sie würde lieber mit der U-Bahn irgendwo hinfahren. Vielleicht in die Innenstadt. Da war sie noch nie allein gewesen.

Während der Fahrt hatte sie ein merkwürdiges Gefühl, so, als ob sie jeden Augenblick von einem Fremden angesprochen werden könnte. Was fällt dir eigentlich ein, hier in der U-Bahn zu sitzen, anstatt in der Schule zu sein? Doch nichts dergleichen geschah. Und als sie die

Treppe zum Jungfernstieg hinaufging, grinste sie schon über sich, dass sie so was überhaupt gedacht hatte.

Komisch, dass die Geschäfte um diese Zeit alle noch geschlossen hatten. Es war immerhin Viertel vor neun. Sie schlenderte durch die Seitenstraßen, sah sich die Schaufenster von Hennes & Mauritz an und war um halb zehn die Erste in der Musikabteilung vom Alsterhaus. Dort hörte sie in zwei CDs rein und zog dann weiter zu den Klamotten. Sie probierte die verschiedensten Jeans-Modelle und unzählige T-Shirts an, bevor sie sich auf die Suche nach Turnschuhen machte.

Von der Sportabteilung ging's in die Schuhabteilung und zurück in die Sportabteilung. Sie fand schließlich genau die richtigen Nike-Schuhe. Das Problem war nur, dass sie kein Geld hatte, abgesehen von einer Mark fünfunddreißig, die sie in ein Hanuta und eine Kugel Schokoladeneis umsetzte.

Mittlerweile war es zwanzig nach elf. Wenn sie ihr Schwänzen vor Mutter geheim halten wollte, durfte sie nicht vor halb zwei nach Hause kommen. Karo hätte nie gedacht, dass es ihr so schwer fallen würde, einen Vormittag in der Stadt zu verbringen. Zum dritten Mal lief sie jetzt schon durch die Poststraße. Doch anstatt zum Gänsemarkt weiterzugehen, bog sie diesmal ab in die Großen Bleichen.

Das Schild »Zentralbibliothek« hätte sie beinahe übersehen. War eine Zentralbibliothek dasselbe wie eine Bücherhalle? Sie hatte ihren Ausweis nicht dabei, aber vielleicht würde man sie auch so hineinlassen.

Die Bibliothek lag im vierten Stock. Karo hatte gerade auf den Fahrstuhlknopf gedrückt, als eine ältere Frau auf sie zukam.

»Ich bin immer froh, wenn ich nicht allein Fahrstuhl fahren muss«, sagte die Frau und lächelte.

Karo lächelte zurück und ließ die Frau zuerst einsteigen.

»Auf welche Schule gehst du?«

»Gymnasium Lerchenfeld.«

Karos Stimme klang belegt. Hoffentlich fragte die Frau sie nicht, was sie um halb zwölf in der Stadt machte.

»Ich habe bis vor zwei Jahren Deutsch und Geschichte unterrichtet.«

Eine pensionierte Lehrerin! Das hatte ihr gerade noch gefehlt. Gleich würde sie ihr auf den Kopf zusagen, dass sie die Schule schwänzte.

»Schön, wenn Kinder heutzutage die Bibliotheken aufsuchen«, sagte die Frau, als sie im vierten Stock angekommen waren. »Habt ihr zurzeit Projektunterricht?«

Karo stutzte. Projektunterricht. Das war die Lösung. »Ja, genau.«

»Und wie lautet euer Thema?«

»Die Berliner Mauer«, antwortete Karo, ohne lange zu überlegen.

»Wie interessant. Dann wünsche ich dir, dass du hier viel Material findest.«

Die Frau nickte ihr zum Abschied zu und verschwand in Richtung Zeitschriftenabteilung.

Karo sah sich um, ob jemand einen Ausweis sehen wollte, aber die Bibliothekarinnen waren mit anderen Dingen beschäftigt. Langsam ging sie an den Regalen entlang, bis sie in der Kinderbuchabteilung landete. Eines der ersten Bücher, das ihr in die Hände fiel, handelte von einem Mädchen, dessen Eltern sich scheiden lassen wollen. Karo setzte sich auf einen Stuhl und fing an zu lesen. Seltsam, die Gefühle, die das Mädchen in dem Buch hatte, waren gar nicht so viel anders als die, die sie seit dem Auftauchen des Kahlkopfes hatte. In beiden Fällen ging es darum, dass eine Familie zerstört wird. Da schien es beinahe egal zu sein, ob ein Vater kommt oder geht.

Als sie auf die Uhr sah, war es kurz nach eins. Sie hatte knapp die Hälfte des Buches geschafft.

Vielleicht würde sie morgen wiederkommen, um es zu Ende zu lesen, überlegte sie sich auf dem Weg nach unten. Sie könnte Rike nachmittags Bescheid sagen, dass sie mit Fieber im Bett liege und sie sie für die nächsten Tage bei Frau Bruns entschuldigen solle.

Zu Hause fragte Mutter, wie es in der Schule gewesen sei.

Karo ging ohne zu antworten in ihr Zimmer und machte die Tür hinter sich zu.

»Lange mach ich das nicht mehr mit!«, hörte sie Mutter rufen.

Du kannst mich mal, dachte Karo und warf sich auf ihr Bett.

»Hast du heute Morgen im Bus auch schon Fieber gehabt?«, fragte Rike, als Karo sie nachmittags anrief.

»... Ja«, antwortete Karo. »Mir war plötzlich ganz heiß und in meinem Kopf hat sich alles gedreht ...«

»Und was soll ich der Bruns nun sagen?«

»Dass ich Grippe habe ...«

»Hat Tina auch gerade.«

»Aha ...« Das passte ja gut. Dann würde Frau Bruns erst mal nicht weiter nachfragen.

»Wenn du willst, komm ich dich morgen besuchen.«

Karo biss sich auf die Lippen. »Ich glaube, Grippe ist ansteckend.«

»Schade.«

Als sie auflegte, hatte sie ein schlechtes Gewissen, weil sie Rike angelogen hatte. Aber es gab nun mal keinen anderen Weg, sich unbemerkt ein paar freie Tage zu verschaffen.

Am nächsten Morgen wartete sie in einem Hauseingang, bis Mutter losgefahren war. Dann stieg sie in den Bus 108, der direkt zum Hauptbahnhof fuhr. Von dort nahm sie die U-Bahn zum Jungfernstieg. Sie hatte sich ein Buch mitgenommen, weil die Zentralbibliothek erst um zehn Uhr aufmachte und sie die Zeit bis dahin überbrücken musste. Zum Glück war es trocken und sie konnte sich auf eine Bank an der Binnenalster setzen.

Um Punkt zehn betrat sie die Bibliothek. Heute kam sofort eine der Bibliothekarinnen auf sie zu und fragte, ob sie ihr helfen könnte. Karo erzählte ihr die Geschichte vom Projektunterricht und ließ sich zur Abteilung Politik führen. Nachdem sie ein paar Minuten in einem Bildband über die DDR geblättert hatte, flitzte sie in die Kinderbuchabteilung, um sich das Buch über das Scheidungskind zu holen. Immer wenn die Bibliothekarin auftauchte, tat Karo so, als ob sie sich Notizen machte. Ab und zu stellte sie auch eine Frage, was ihr nicht schwer fiel. Sie hatten ja in der Schule lange genug über die Berliner Mauer geredet.

Nachmittags lag Karo auf ihrem Bett und langweilte sich.

Die Sonne schien und sie wäre am liebsten zum Schwimmbad gefahren. Aber das ging nicht, weil sie dort garantiert jemandem aus der Schule begegnen würde.

Da klingelte es. Karo schoss in die Höhe. War das etwa der Kahlkopf? Dann würde sie durchdrehen.

»Hallo, Rike«, hörte sie Mutter kurz darauf sagen.

Rike? Karo hielt die Luft an. Hoffentlich erzählte sie Mutter nichts von der Grippe.

Im nächsten Moment ging die Tür auf und Rike kam herein.

»Hallo, Karo.«

»Hallo ...«

»Wollt ihr ’ne Apfelsaftschorle?«, fragte Mutter.

»Gern«, antwortete Rike.

Karo sagte nichts. Mutter sah sie fragend an, aber Karo schaute sofort weg.

Trotzdem brachte Mutter ihnen zwei Gläser

und eine Schale mit Vanillekipferln, die Karo so gern mochte.

»Ist bei euch dicke Luft?«, fragte Rike, als Mutter die Tür hinter sich zugemacht hatte.

»Und wie! Ich rede schon seit 'ner Woche nicht mehr mit ihr.«

»Warum das denn nicht?«

»Weil sie mich betrogen hat. Wochenlang schmeichelt sie sich bei mir ein, geht mit mir ins Kino und tut so, als sei alles wie früher. Und dann ... dann krieg ich zufällig raus, dass ... der Kahlkopf und sie sich die ganze Zeit geschrieben haben ...« Karo fing an zu weinen.

»Hey, Karo«, sagte Rike und legte einen Arm um sie. »Nicht weinen ...«

»Und als du gestern Morgen noch gesagt hast, dass du ... die beiden zusammen an der Alster gesehen hast ...«

»Bist du deshalb nicht mit zur Schule gekommen?«

Karo nickte.

»Ich hab mir schon so was gedacht. Du klangst irgendwie komisch gestern am Telefon.«

Karo wischte sich die Tränen ab. »Tut mir Leid, dass ich dich angelogen habe. Ich hätte es in der Schule einfach nicht ausgehalten.«

»Was machst du überhaupt den ganzen Morgen?«

»Ich geh in die Zentralbibliothek und lese.«
»Wo ist die?«
»In den Großen Bleichen.«
»In der Innenstadt?«
»Hm …«
»Warst du da vorher schon mal allein?«
»Ne …«
»Komm wieder in die Schule«, sagte Rike und sah sie bittend an. »Ohne dich ist es so langweilig!«
Karo schluckte.
»Dann können wir wenigstens nachmittags schwimmen gehen. Oder du kommst zu mir und wir spielen mit Max.«
»Wenn ich jetzt mit dem Schwänzen aufhöre, ist alles umsonst gewesen.«
»Das versteh ich nicht …«
»Ich will doch, dass es 'nen richtigen Knall gibt und meine Mutter so verzweifelt ist, dass sie den Kahlkopf für immer wegschickt!«
»Und wann wird's diesen Knall geben?«
»Keine Ahnung!«
Eine Zeit lang schwiegen sie beide. Dann stand Rike auf. »Soll ich morgen wiederkommen?«
»Ja … Und du sagst niemandem was, oder?«
»Natürlich nicht.«
Der Knall kam schneller, als Karo gedacht

hatte, und zwar am nächsten Vormittag um kurz nach zehn. Sie war gerade in der Zentralbibliothek angekommen und hatte sich ein neues Buch aus dem Regal gezogen, als sie den Kahlkopf am anderen Ende des Gangs stehen sah. Er schaute sie an, als traue er seinen Augen nicht. Karo warf das Buch auf den Tisch, rannte zu den Schließfächern, um ihre Tasche zu holen, und fuhr mit dem nächsten Fahrstuhl nach unten. Sie kochte vor Wut. Für diese Begegnung gab es nur eine einzige Erklärung: Er hatte ihr nachspioniert. Ja, dieser Kahlkopf aus dem Osten war nichts anderes als ein fieser, kleiner Spitzel, der sich an ihre Fersen geheftet hatte, um sie bei der erstbesten Gelegenheit verraten zu können! Karo ballte die Fäuste. Es war alles so ungerecht! Andere hatten normale Väter aus Hamburg oder München oder Köln. Davids Vater kam aus Frankreich. Das war auch noch normal. Wieso hatte Mutter sich ausgerechnet in diesen Kahlkopf aus dem Osten verlieben müssen?

Stundenlang zog sie durch die Stadt und überlegte, wo sie jetzt hingehen sollte. Ein paarmal versuchte sie, bei Opa anzurufen, aber der war nicht da. Sie wollte weg. Weit weg. Und nicht nur für 'n paar Tage, sondern für immer. Am liebsten in ein Internat. Nur, die waren teuer. Mutter könnte so was nicht bezahlen. Da müsste der Kahlkopf mal was rausrücken. Stand nicht vor kurzem in der Zeitung, dass es auch in der DDR reiche Leute gab? Natürlich waren das meistens irgendwelche regierungstreuen Typen. Aber warum sollte der Kahlkopf nicht einer von denen gewesen sein? Außerdem war es nur gerecht, dass er auch mal was für sie bezahlte. Wenn er schon ihr Vater war. Immerhin war er elf Jahre darum herumgekommen.

Am Hauptbahnhof hatte Karo die Idee, sich einfach in einen Zug zu setzen und weit wegzufahren, nach Rom oder Paris oder auch nach Bad Reichenhall, wo ihre Tante Elke wohnte. Aber nachdem sie eine Zeit lang die ein- und abfahrenden Züge beobachtet hatte, verließ sie der Mut. Außerdem hatte sie Hunger.

Als sie nach Hause kam, saß Mutter in der Küche und las Zeitung. Der Kahlkopf war nirgendwo zu sehen.

»Hallo«, murmelte Karo und zuckte zusammen, weil sie mit dieser Begrüßung ganz gegen ihren Willen das Schweigen gebrochen hatte.

»Ich glaube, wir beide müssen mal ein ernstes Wort miteinander reden«, sagte Mutter und faltete die Zeitung zusammen.

»Du klingst wie ’ne Lehrerin.«

»Es ist mir völlig schnuppe, wie ich klinge.

Martin hat mir erzählt, dass er dich heute Morgen in der Zentralbibliothek gesehen hat.«

»Hat der Typ sofort alles ausgeplaudert! Na ja, war ja auch nicht anders zu erwarten. Sitzt er in deinem Zimmer?«

Mutter schüttelte den Kopf. »Seit wann schwänzt du die Schule?«

»Ist das ein Verhör?«

»Karoline, ich bin diejenige, die hier die Fragen stellt. Und ich will, dass du mir antwortest, und zwar auf der Stelle.«

Karo kniff die Lippen zusammen. So hatte Mutter noch nie mit ihr gesprochen.

»Wann hast du mit der Schwänzerei angefangen?«

Mutters Nasenflügel bebten. Karo starrte auf die kleinen, blonden Haare, die in ihren Nasenlöchern wuchsen. Seit wann hatte Mutter Haare in der Nase? Karo grinste. Haare in der Nase und Haare auf den Zähnen.

»Da gibt's nichts zu grinsen.«

»Vielleicht doch.«

»Karoline, ich warne dich. Meine Geduld ist gleich zu Ende. Wenn du mir nicht sofort sagst, seit wann du nicht mehr in der Schule warst, wirst du mich von einer ganz neuen Seite kennen lernen.«

»Schrei mich nicht an.«

»Ich schreie, so viel ich will.«

»Wenn du mich anschreist, rede ich überhaupt nicht mehr mit dir«, sagte Karo leise. »Und du weißt, dass ich das sehr lange durchhalten kann.«

Mutter schnaubte einmal kurz auf und verschwand in Richtung Wohnzimmer. Karo holte sich eine Tüte Chips aus dem Schrank und fing an, die Chips in sich hineinzustopfen. Sie würde sich nicht von Mutter erpressen lassen.

Kurze Zeit später hörte sie, wie Mutter mit jemandem telefonierte. Sie schlich auf Zehenspitzen in den Flur und lauschte. Es ging um den Unterrichtsstoff, den sie in den letzten Tagen versäumt hatte. War das Frau Wiechert am anderen Ende der Leitung? In diesem Moment fiel der Name Bruns.

Karo wurde blass. Hatte Mutter es etwa gewagt, Frau Bruns anzurufen und sie zu verpetzen?

Sie riss die Wohnzimmertür auf und sah gerade noch, wie Mutter den Hörer auflegte. »Mit wem hast du eben telefoniert?«

»Mit deiner Klassenlehrerin.«

»Weißt du eigentlich, wie gemein du bist?«

»Nein, aber ich weiß jetzt, dass du seit Montag gefehlt hast.«

»Petzen ist unfair, hast du mir früher mal beigebracht.«

»Ich habe nicht gepetzt. Ich habe mich erkundigt, seit wann du die Schule versäumt hast.«

»Für mich ist das Petzen.«

»Frau Bruns dachte, du hättest Grippe.«

»Ja, und es wäre alles viel einfacher, wenn sie das immer noch denken würde.«

»Bei dieser Art von Spiel mache ich nicht mit. Ich habe dich vorher gewarnt, aber du hast dich ja über das Ganze noch amüsiert.«

Karo lief in ihr Zimmer und schlug die Tür zu, doch Mutter kam hinter ihr her.

»Ich will allein sein.«

»Und ich will mit dir reden.«

Karo drehte ihr den Rücken zu und starrte aus dem Fenster.

Unten im Hof waren weder der alte Herr Zeuner noch seine Katzen zu sehen.

»Martin will nur dein Bestes.«

»Hast du ihn beauftragt, mir nachzuspionieren oder war das seine Idee?«

»Niemand hat dir nachspioniert. Martin arbeitet häufig in der Bibliothek. Er hat dich rein zufällig dort gesehen.«

»Rein zufällig? Dass ich nicht lache.«

»Karo, das ist ein völlig absurder Gedanke.«

»Findest du es nicht merkwürdig, dass du

mich bisher kein einziges Mal gefragt hast, warum ich die Schule geschwänzt habe?«

»Das ist ja nicht schwer zu erraten.«

»Ach, wirklich nicht?«

»Du bist unglücklich mit der Situation und ich bin auch mit meinen Nerven am Ende.«

»Ich bin nicht nur unglücklich, ich bin stocksauer!«, schrie Karo. »Erst tust du so, als hättest du mit dem Typen nichts mehr zu tun, und dann lässt du ihn hierher kommen und triffst dich heimlich mit ihm.«

»Heimlich? Wir haben uns nicht ›heimlich‹ getroffen.«

»Mir hast du nichts davon gesagt. Ich hab's von Rike erfahren.«

»Du hast ja nicht mehr mit mir geredet. Wie sollte ich da irgendwas mit dir besprechen können?«

»Jetzt hab ich noch Schuld, was? Dass du so 'n Doppelleben führst! Ich glaub, ich spinne!«

»Doppelleben! So ein Unsinn!«

»Das ist kein Unsinn! Das ist die Wahrheit!«

»Ach, Karo ...«

»Nichts ›ach, Karo‹!«

Mutter seufzte. »Frau Bruns und ich haben übrigens vereinbart, dass wir uns morgen treffen werden, um über die Gesamtsituation zu sprechen.«

»Heißt das, du willst ihr von dem Typen erzählen?«

»So ist es.«

»Nein!!!«

»Ich werde ihr sagen, dass dies eine schwierige Zeit für dich ist, weil du damit fertig werden musst, plötzlich einen Vater zu haben.«

»Wenn du das tust ...«

»Karo, es hat keinen Zweck, so zu tun, als gäbe es Martin nicht. Irgendwann werden es sowieso alle erfahren, deine Mitschüler, deine Lehrer, unsere Nachbarn. Im Haus hat man schon angefangen zu tuscheln.«

Während Mutter weiterredete, dachte Karo an Frau Becker, die sicher die Geschichte vom Lover der Frau Delius in Windeseile weiterverbreitet hatte. Sollten die Leute ruhig über Mutter lästern. Das geschah ihr ganz recht.

»Hörst du mir überhaupt zu?«

»Wieso?«

»Ich habe gerade gesagt, dass wir vielleicht zusammen zu Frau Bruns gehen sollten.«

»Kommt nicht infrage.«

»Aber ich dachte, du verstehst dich sehr gut mit ihr.«

»Ich will nicht mit der Bruns darüber reden und ich will auch nicht, dass du mit ihr darüber redest. Kapierst du das nicht?«

Karo hielt inne, als sie hörte, wie die Wohnungstür aufgeschlossen wurde.

»Das ist Martin«, sagte Mutter.

»Wer denn sonst?«

»Jutta?«

Es klang, als ob er direkt vor ihrer Tür stand. Karo spürte, wie sich ihre Nackenhaare aufstellten. Sie würde ihn auf keinen Fall in ihr Zimmer lassen.

»Ich komme gleich«, rief Mutter zurück.

»Geh ruhig zu dem Typen«, sagte Karo. »Hier gibt's nichts mehr zu besprechen.«

»Lass uns zusammen Mittag essen.«

»Nein, danke.«

»Bitte, Karo.«

»Meinst du, ich habe Lust, mit Leuten am Tisch zu sitzen, die mich verpetzen?«

»Wie du willst«, sagte Mutter und verließ das Zimmer.

Jetzt reichte es Karo. Ruck, zuck packte sie ihren Schlafanzug, etwas frische Unterwäsche und ihren Badeanzug ein, nahm ihre Schultasche und öffnete leise die Tür.

Aus der Küche war Martins Stimme zu hören. Und Mutters Schluchzen. Wein du nur, dachte Karo. Das nützt jetzt auch nichts mehr.

Sie huschte über den Flur. Hoffentlich war Opa inzwischen zu Hause. Wenn nicht, würde sie auf ihn warten. Sie würde ihm alles erklären und so wie sie Opa kannte, würde der sie niemals zurückschicken.

»Natürlich darfst du bleiben«, sagte Opa, als sie bei ihm vor der Tür stand. »Aber wird dadurch nicht alles noch schlimmer?«

»Schlimmer kann es gar nicht werden«, antwortete Karo und erzählte, was passiert war.

Eine Stunde später rief Mutter an und wollte Karo sprechen, aber Karo schüttelte den Kopf.

»Sie will nicht mit dir reden«, sagte Opa in den Hörer hinein.

Mutter schien irgendwas in die Leitung zu brüllen, was Karo nicht verstand, aber Opa wurde plötzlich ganz rot im Gesicht.

»Ich lasse mich von dir nicht beschimpfen! ... Du willst wissen, wieso ich das unterstütze? ... Weil ich nun mal nicht glaube, dass du Karo zu diesem neuen Familienleben zwingen kannst.« Dann legte er auf.

»Danke!«, sagte Karo.

Opa nickte erschöpft. »Hast du Hunger?«

»Und wie!«

In dem Topf, den Opa auf den Herd stellte, war eine dicke Erbsensuppe. Die mochte Karo eigentlich nicht, aber das behielt sie für sich. Sonst würde Opa wieder davon anfangen, wie sehr sie alle im Krieg gehungert hätten und dass sie glücklich gewesen wären, wenn sie einen Teller Erbsensuppe gehabt hätten.

»Deine Mutter wird nicht so schnell aufgeben«, sagte Opa, als sie sich an den Tisch setzten.

»Ich auch nicht!«, antwortete Karo. »Mal sehen, wer länger durchhält!«

Bei Opa

»Hallo, Karo ...«, rief Rike verblüfft, als Karo am Donnerstagmorgen in die Klasse kam.

»Gestern hat's geknallt«, sagte Karo leise und packte ihre Sachen aus.

»Warst du deshalb nicht zu Hause?«, flüsterte Rike.

»Wieso?«

»Ich war gegen drei bei dir. Wir hatten doch ausgemacht, dass ich dich besuchen komme.«

»Oh, das hatte ich ganz vergessen!«

»Deine Mutter sah so aus, als ob sie geweint hätte.«

»Hm ... Wir haben uns furchtbar gestritten! Ich wohne jetzt bei meinem Opa.«

»Dann muss es ja wirklich schlimm gewesen sein.«

Karo nickte und schaffte es gerade noch, Rike zu erzählen, was passiert war, bevor Frau Bruns reinkam. Sie forderte Karo auf, den Stoff der letzten drei Tage nachzuholen. Das Telefongespräch mit Mutter erwähnte sie mit keinem Wort.

»Ich hab dich gestern Mittag gesehen«, rief Jonas in der großen Pause.

»Das kann nicht sein.«

»Doch. Am Hauptbahnhof.«

»Gestern hab ich noch im Bett gelegen.«

»Ich bin mir sicher, dass du das warst.«

»Vielleicht hat Karo 'ne Doppelgängerin«, rief Sven.

Karo hörte schon nicht mehr, was Jonas darauf antwortete. Fassungslos starrte sie auf die andere Straßenseite, wo Mutter gerade in ihren blauen Golf stieg. Also war sie doch bei Frau Bruns gewesen. Das hätte Karo ihr nicht zugetraut.

»Was ist?«, fragte Rike.

»Ich hab gerade meine Mutter gesehen. Die ist so gemein! Sie war bei der Bruns, obwohl ich das nicht wollte!«

»Wegen des Schwänzens?«

»Ne, um mit ihr über den Kahlkopf zu reden!«

Karo war so genervt, dass sie am liebsten gleich wieder geschwänzt hätte. Aber Rike konnte sie überreden, bis zur sechsten Stunde durchzuhalten und nachmittags mit ihr schwimmen zu gehen.

Als Karo vom Schwimmbad nach Hause kam, klingelte das Telefon.

»Deine Mutter«, sagte Opa und reichte Karo den Hörer.

»Willst du's dir nicht noch mal überlegen?« Mutters Stimme klang, als ob sie wieder geweint hätte.

»Warum bist du zur Bruns gegangen?«

»Karo, ich habe dir gestern erklärt, dass ich mit Frau Bruns über die neue Situation sprechen wollte.«

»Und ich habe dir gesagt, dass ich das nicht will.«

»Karo ...«

»Trotzdem rennst du hinter meinem Rücken zur Bruns und erzählst ihr Dinge, die sie überhaupt nichts angehen.«

»Es war nicht hinter deinem Rücken. Du wusstest genau Bescheid. Und vielleicht freut es dich zu hören, dass Frau Bruns sehr viel Verständnis gezeigt hat.«

»Das interessiert mich nicht.«

»Karo, komm wieder nach Hause.«

»Nein. Ich will ins Internat.«

»Das ist doch Unsinn!«

»Ist es nicht. Bezahlen müsste es der Typ.«

»Jetzt hör mir mal zu: Ein Internat kommt überhaupt nicht infrage. Und bei Opa kannst du auch nicht wohnen.«

»Wieso nicht?«

»Weil für ihn die Belastung zu groß ist.«

»Er hat erlaubt, dass ich hier bleibe.«

Mutter seufzte. »Wo hast du denn heute Nacht geschlafen?«

»Auf dem Sofa im Wohnzimmer.«

»Und wie bist du zur Schule gekommen?«

»Mit der U-Bahn.«

»Mit welcher?«

»Mit der U 2. Die fährt von der Osterstraße direkt bis zur Mundsburg.«

»Da musst du aber früher aufstehen.«

»Ich weiß.«

Es entstand eine Pause, in der Karo überlegte, ob sie Mutter bitten sollte, ihr etwas mehr Zeug und ein paar Sachen für die Schule vorbeizubringen. Sonst musste sie noch mal in die Wohnung zurück, was sie eigentlich nicht wollte. Mutter würde mit allen Mitteln versuchen, sie zum Bleiben zu überreden.

»Kannst du mir bitte noch sagen, wie lange du bei Opa wohnen willst?«

»Bis der Typ weg ist«, antwortete Karo, ohne lange nachzudenken.

Wieder war Schweigen am anderen Ende der Leitung. Karo griff nach einem Stift und begann, eine Liste der Dinge zu machen, die sie gestern in der Eile vergessen hatte: ihre Zahnbürste, ihren Walkman, ihre Turnschuhe ...

»Wahrscheinlich gehst du davon aus, dass ich dir jetzt deine Sachen bringe, oder?«

»Nein, aber ...«

»Was brauchst du?«

Als sie Mutter die Liste durchgab, hatte sie einen Kloß im Hals. Sie sehnte sich plötzlich nach ihrem Zimmer, ihrem Bett und dem Blick aus ihrem Fenster.

»Und was ist mit deinem Rad?«

»Das hab ich schon hier.«

»Aber bei Opa gibt's keinen Fahrradkeller.«

»Ich weiß. Letzte Nacht hab ich's draußen am Zaun angekettet.«

»Wenn das geklaut wird, kauf ich dir kein neues!«

»Du brauchst mir gar nicht so zu drohen! Glaubst du etwa, dass ich wegen unseres Fahrradkellers wieder nach Hause komme?«

Opa war derjenige, der den Koffer in Empfang nahm. Karo hörte von der Küche aus, wie Mutter ihm Vorwürfe machte, dass er sich auf diese Unternehmung eingelassen habe. So eine Elfjährige sei ganz schön anstrengend. Und er wisse doch genau, dass er sich schonen müsse. Opa grummelte irgendwas, was Karo nicht verstehen konnte. Beim Abschied nahm Mutter ihm das Versprechen ab sich zu melden, wenn ihm der Besuch zu viel würde.

Es war nicht das erste Mal, dass Karo in Opas Wohnung übernachtete. Vor ein paar Jahren, als Mutter mit einer Blinddarmentzündung ins Krankenhaus musste, hatte sie zehn Tage lang bei Opa gewohnt, und schon damals hatte sie sich über seine besonderen Angewohnheiten gewundert.

Wenn er ein Buch las, hatte er immer ein dickes Kissen auf dem Bauch liegen. Weil das bequemer sei. Und es stimmte; Karo hatte es selbst ausprobiert.

Außerdem sah Opa nie fern, sondern hörte nur Radio. Nachrichten, Hörspiele, Schulfunk, vor allem die Fremdsprachensendungen. »Kind, du hast es gut«, pflegte er zu sagen. »Ich wünschte, ich könnte auf meine alten Tage noch eine andere Sprache lernen.«

Woran Karo sich allerdings nicht gewöhnen konnte, war der Zwiebelgeruch. Opa aß jeden Morgen zwei Scheiben Knäckebrot mit Quark und Zwiebelringen. Die angeschnittene Zwiebel bewahrte er nicht unter der kleinen Glasglocke auf, die Mutter ihm speziell für diesen Zweck geschenkt hatte, sondern er legte sie auf eine Untertasse und stellte sie in den Geschirrschrank. Mutter fluchte jedes Mal, wenn sie den Schrank öffnete und ihr der Zwiebelgeruch entgegenschlug. Opa jedoch ließ sich auf keine Diskussion ein. »In meiner Wohnung kann ich machen, was ich will, und ich liebe nun mal den Geruch von Zwiebeln.«

An diesem Abend schlief Karo mit dem Gefühl ein, dass sie länger bei Opa in der Wohnung bleiben würde, mindestens bis zu den Sommerferien, vielleicht sogar noch länger.

Mutter rief jeden Tag an, um zu hören, wie es in der Schule gelaufen sei, ob Karo Arbeiten geschrieben oder zurückbekommen habe und um sie daran zu erinnern, Opa in der Küche zu helfen.

»Du brauchst mir nicht immer wieder zu sagen, was ich tun soll. Das weiß ich selbst.«

»Und was ist mit deiner schmutzigen Wäsche?«

»Was soll damit sein? Opa und ich waren gestern zusammen im Waschsalon.«

»Isst du auch ordentlich?«

»Heute gab's Königsberger Klopse.«

»Die magst du doch gar nicht.«

»Opas Klopse mag ich.«

»Auch die Kapern in der Soße?«

»Ja, wieso?«

Mutter räusperte sich, als glaube sie Karo nicht. »Wenn du willst, komm ich nachher mal vorbei. Wir haben uns jetzt immerhin seit einer Woche nicht mehr gesehen.«

»Ich bin aber gleich mit Rike verabredet.«

»Dann komm ich vielleicht heute Abend. Ich könnte dir deine Fahrradpumpe mitbringen.«

»Die hab ich mir vorgestern geholt.«

»Und du bist nicht raufgekommen?«

»Ne ...«

Sie hörte, wie Mutter schluckte. »Tja, also dann ... bis bald ...«

Karo wollte noch sagen, wie seltsam ihr zumute gewesen war, als sie den Hausflur betreten hatte und in den Fahrradkeller hinuntergeschlichen war.

Aber da hatte Mutter schon aufgelegt.

Frau Bruns schien zu spüren, dass Karo nicht mit ihr über das sprechen wollte, was Mutter die »Gesamtsituation« genannt hatte. Ein- oder zweimal sah sie am Ende einer Deutschstunde fragend zu ihr hinüber, doch Karo wich ihrem Blick immer schnell wieder aus.

Irgendwann stand sie auf dem Schulhof plötzlich neben ihr und sagte, dass sie sich vorstellen könne, wie Karo sich fühle. Und sie solle wissen, dass sie jederzeit zu ihr kommen könne.

Karo nickte und lief schnell weiter, weil sie nicht wollte, dass Frau Bruns ihre Tränen sah.

»Frau Bruns hat mich heute was gefragt«, sagte Rike ein paar Tage später.

Sie lagen auf der Schwimmbadwiese und blickten in den Himmel.

»Was denn?«

»Ob ich wüsste, wie wir dir helfen könnten.«

»Gar nicht.«

»Willst du für immer bei deinem Opa bleiben?«

»Weiß nicht.«

Rike drehte sich auf den Bauch und sah Karo an. »Ich hab meine Eltern gefragt, ob du nicht bei uns wohnen kannst. Wir haben schließlich genug Platz.«

»Und? Was haben sie gesagt?«

»Sie meinen, dass das nicht geht. Weil's gegenüber deiner Mutter nicht richtig wäre.«

»Schade. Ich würde gern zu euch ziehen.«

»Ich hätte das auch toll gefunden«, sagte Rike und rollte sich wieder auf den Rücken.

Karo machte die Augen zu und stellte sich vor, wie es wäre, bei Wiecherts zu wohnen. Rikes Vater war manchmal ziemlich streng, aber er konnte auch sehr lustig sein. Und Rikes Mutter war fast nie streng. Alex war witzig, selbst wenn er Rike oft auf die Nerven ging. Und Max war sowieso super!

»Karo?«

Karo zuckte zusammen.

»Hast du was dagegen, wenn ich mir auch die Haare abschneiden lasse?«

Karo richtete sich auf. »Ne, überhaupt nicht.«

»Ich denke schon seit Tagen darüber nach. Bei dir sieht das richtig toll aus!«

»Bei dir bestimmt auch.«

»Meinst du?«

»Na, klar.«

»Kommst du mit?«

»Jetzt gleich?«

»Ja. Sonst verlier ich wieder den Mut.«

»Hast du genug Geld dabei?«

»Ich hab extra was mitgebracht.«

Später, als sie in der Eisdiele saßen und Rikes neue Frisur feierten, sah Karo plötzlich, wie Mutter und der Kahlkopf die Straße überquerten.

Sie liefen Arm in Arm und lachten.

Karo schluckte. »Da war eben meine Mutter ... zusammen mit dem Typen.«

»Wo?«

Karo zeigte auf die andere Straßenseite. »Da drüben.«

»Ah, ja. Das ist der Mann, mit dem sie auch an der Alster war.«

»Wollen wir gucken, wo sie hingehen?«, fragte Karo.

»Können wir machen.«

Während Rike zahlte, ließ Karo die beiden nicht aus den Augen. Jetzt bogen sie nach links in den Mühlenkamp ab.

»Wahrscheinlich gehen sie zu euch nach Hause«, sagte Rike.

»Kann sein«, murmelte Karo und zog Rike hinter sich her.

Kurz bevor sie zum Mühlenkamp kamen, ging Karo langsamer. Wer weiß, vielleicht standen Mutter und der Kahlkopf ja vorm Schaufenster der Buchhandlung, direkt um die Ecke.

»Geh du mal vor«, sagte sie zu Rike.

Rike verschwand und kam gleich darauf zurück.

»Die sind weg.«

»Komisch, vor zwei Minuten waren sie noch da«, sagte Karo und schaute sich suchend um.

»Warum verfolgen wir die eigentlich? Du willst doch mit denen gar nichts zu tun haben.«

»Ich wollte einfach nur mal wissen, was die so machen.«

»Sie sind bestimmt in einem der Läden. Wenn

wir die der Reihe nach abklappern, werden wir sie schon finden.«

»Ne, das ist blöd ... Dann sehen sie uns womöglich noch.«

In diesem Augenblick stutzte Rike und deutete mit dem Daumen in Richtung Blumengeschäft. »Schon passiert.«

Jetzt sah Karo sie auch.

Der Kahlkopf trug einen großen Topf mit einem Margeritenbäumchen und Mutter hatte einen Strauß gelber Rosen in der Hand. Sie winkte ihnen zu. Der Kahlkopf hatte keine Hand frei, sonst hätte er ihnen ganz bestimmt auch zugewinkt.

»Komm«, sagte Karo. »Wir gehen.«

Sie drehte sich auf dem Absatz um und lief zurück zur Eisdiele, wo sie ihre Räder stehen hatten.

»Komisch«, sagte Rike, als sie kurze Zeit später an der Alster entlangradelten. »Erst suchst du die beiden und dann läufst du weg.«

»Na, und?«

»So egal sind sie dir gar nicht.«

»Doch!«, rief Karo. Aber sie wusste, dass auch Rike wusste, dass das nicht stimmte.

»Seit wann hat Rike kurze Haare?«, fragte Mutter, als sie abends anrief.

»Seit heute. Wir waren bei unserem Friseur im Poelchaukamp.«

»Ach deshalb haben wir euch gesehen.«

»Hm ...«

Einen Moment lang schwiegen sie beide. Dann fing Karo an, von der Schule zu erzählen. Schließlich sollte Mutter gar nicht erst auf die Idee kommen, dass sie dem Kahlkopf und ihr nachspioniert hatten.

Wie war das eigentlich damals?

»Willst du nicht mal wieder bei uns Mittag essen?«, fragte Rike ein paar Tage später. »Oder erlaubt dein Opa das nicht?«

»Doch, der erlaubt fast alles.«

»Meine Eltern und ich wollen dich nämlich was fragen.«

»Was denn?«

»Das verrat ich nicht.«

Am nächsten Tag fuhr Karo nach der Schule mit zu Rike. Kaum hatten sie die Haustür aufgeschlossen, als Max auf sie zugelaufen kam und ihnen die Hände ableckte.

»Ich glaub, der ist wieder gewachsen!«, rief Karo.

Frau Wiechert nickte. »So viel, wie der frisst ...«

»Guten Tag, Karoline«, sagte Herr Wiechert und streckte ihr die Hand entgegen.

»Hey, Karo«, rief Alex. »Hast du schon gehört, dass ich versetzt werde?«

»Super!«

»Ja, Alexander hat noch mal Glück gehabt«, sagte Herr Wiechert. »Und das auch nur, weil er seine Englischlehrerin um den kleinen Finger gewickelt hat.«

»Von wegen. Ich habe hart gearbeitet.«

»Du und hart arbeiten? Das wäre ja mal was ganz Neues.«

»Schluss mit der Diskussion«, rief Frau Wiechert. »Jetzt wird gegessen.«

»Was gibt's?«, fragte Alex.

»Gulasch mit Bohnen und Kartoffelmus.«

»Kann die Bergmeier nicht mal was Vernünftiges kochen?«, murmelte Alex.

»Wenn dir das nicht passt, kochst du dir in Zukunft dein Essen selbst!«, rief Herr Wiechert. »Das ist doch nicht zu fassen mit dem Jungen!«

»Herbert, bitte ...« Frau Wiechert seufzte.

»Verwöhnt wie sonst was!«

»Können wir jetzt endlich anfangen?«, fragte Rike.

Weil es nach Regen aussah, aßen sie heute drinnen, an dem großen Esstisch, den Rikes Eltern geerbt hatten und an dem mindestens zwölf Leute Platz hatten.

Herr Wiechert hatte sich wieder beruhigt und

beschwerte sich nicht mal, als Max sich auf seine Füße legte. »Dieser Hund ...«

»Max liebt dich«, sagte Rike.

»Dabei wollte ich gar keinen Hund.«

»Und jetzt könntest du ohne deinen Fußwärmer nicht mehr leben«, rief Alex.

»Na ja«, sagte Herr Wiechert und schmunzelte. »Fehlen würde er mir schon.«

»Deshalb nehmen wir ihn ja auch mit in die Sommerferien«, sagte Frau Wiechert.

»Womit wir beim Thema wären«, sagte Herr Wiechert.

»Genau«, rief Rike.

Karo verstand überhaupt nichts mehr.

»Wir haben für drei Wochen ein Haus in Südfrankreich gemietet«, sagte Rike. »Und da wollten wir dich fragen, ob du mitkommen willst.«

»Wirklich?«

»Ja.«

»Freitag in einer Woche geht's los, gleich nach der Schule.«

»Ich weiß nicht, ob meine Mutter das erlaubt.«

Frau Wiechert lächelte. Ob sie schon heimlich mit Mutter gesprochen hatte?

»Am besten rufst du sie nach dem Essen mal an.«

Als Karo zum Telefon lief, spürte sie plötzlich, wie aufgeregt sie war. Sie hatte in den letzten

Wochen versucht, nicht an die Sommerferien zu denken, weil ihr so davor graute. Schweigend mit Mutter im Strandkorb an der Ostsee zu sitzen. Oder schweigend mit Mutter irgendwelche Berge in den Alpen zu besteigen. Das hatten sie im letzten Jahr gemacht. Und sie hatten so viel Spaß dabei gehabt.

Dieses Jahr würden sie nirgendwo Spaß miteinander haben. Da fuhr sie tausendmal lieber mit Wiecherts in die Ferien. Bei denen war immer was los.

Aber das war nicht der einzige Grund. Sie mochte Wiecherts und Wiecherts mochten sie. Wenn sie bei ihnen zu Besuch war, machten sie kaum einen Unterschied zwischen Rike und ihr. Das gefiel Karo. Und manchmal ertappte sie sich bei dem Wunsch, sie wäre wirklich Wiecherts Tochter. Dann hätte sie eine richtige Familie mit Vater und Mutter, Bruder und Schwester ... und einem Hund.

»Delius.«

»Hier ist Karo.«

»Hallo, Karo. Wo bist du?«

»Bei Rike. Wiecherts haben mich eingeladen, mit ihnen nach Südfrankreich zu fahren. In den ersten drei Ferienwochen. Darf ich?«

Mutter seufzte. »Frau Wiechert hat mich gestern auch schon angerufen.«

»Und?«

»Ich hatte eigentlich gehofft, dass ...«

»Was?«

»Dass wir zusammen Ferien machen würden.«

Wen meinte sie mit »wir zusammen«? Etwa auch den Kahlkopf?

»Möchtest du denn gern mit?«

»Und wie!«

»Das ist eine Riesenentfernung bis da unten!«

»Ich weiß.«

»Und du kannst die Sprache nicht.«

»Wiecherts können bestimmt Französisch. Die fahren doch öfter nach Frankreich.«

»Aber ob es ihnen auch wirklich recht ist, dass du mitkommst?«

»Na, klar. Sonst hätten sie's ja nicht gesagt. Max kommt übrigens auch mit.«

»Wer ist Max?«

»Wiecherts neuer Hund.«

Mutter seufzte wieder.

»Bitte!«

»Na gut. Meinetwegen.«

»Ehrlich?«

»Ja.«

»Danke!« Karo wollte schon auflegen, als sie merkte, dass Mutter noch was sagen wollte.

»Karo?«

»Ja?«

»Ich hab mir überlegt, dass ich morgen Nachmittag mal bei Opa und dir vorbeikomme.«

»... Wieso?«

»Weil ich dich vermisse.« Mutters Stimme klang auf einmal traurig. »Wir haben uns seit fast drei Wochen nicht mehr gesehen.«

»Hm ...«

»Ich bringe Kuchen mit.«

»Ist gut.«

Karo legte den Hörer auf und ging langsam zu den anderen zurück. Sie vermisste Mutter auch. Trotz allem, was passiert war.

Rike war begeistert, als sie hörte, dass Mutter ihr die Reise erlaubt hatte. Wiecherts zeigten ihr sofort ein Fotoalbum mit Bildern von dem Haus, das sie schon im letzten Jahr gemietet hatten.

»Bis zum Strand sind's nur fünf Minuten«, rief Rike.

»Der Ort heißt Soulac und ist nicht weit von Bordeaux entfernt«, sagte Herr Wiechert.

»Warst du schon mal am Atlantik?«, fragte Alex.

Karo schüttelte den Kopf.

»Da gibt's riesige Wellen. Toll zum Surfen, sag ich dir.«

In zehn Tagen um diese Zeit würden sie schon im Auto sitzen und losfahren. Karo konnte es kaum fassen.

Mutter konnte es anscheinend auch kaum fassen, als sie am nächsten Tag mit einer Erdbeertorte zu Opa kam.

»Dieses Soulac ist so weit weg! Und du bist erst elf.«

»Elf ist schon ziemlich groß«, sagte Karo.

»Das finde ich auch«, meinte Opa.

»Ihr beide haltet doch immer zusammen«, sagte Mutter lachend und begann, die Tortenstücke zu verteilen.

Opa zwinkerte Karo zu und Karo zwinkerte zurück. Ja, auf Opa konnte sie sich verlassen.

Sie redeten über die Schule, über Opas Gesundheit und über das schlechte Wetter. Nur über den Kahlkopf redeten sie nicht.

Nach einer Stunde stand Mutter auf, um zu gehen. Sie nahm Karo in die Arme und drückte sie. »Wann willst du denn kommen, um zu packen?«

»Am Tag bevor's losgeht.«

Karo sah, wie enttäuscht Mutter war.

Wahrscheinlich hatte sie gehofft, dass Karo noch vor den Ferien nach Hause zurückziehen würde.

Aber solange der Kahlkopf da war, dachte Karo natürlich gar nicht daran. Und der war bestimmt noch da.

»Hast du den ... den Typen schon mal gesehen?«, fragte sie Opa beim Abendbrot.

»Meinst du Martin?«

Karo nickte.

»Ja. Ich hab ihn schon ’n paarmal gesehen.«

»Wo denn?«

»Einmal war ich zum Teetrinken bei euch. Und einmal haben wir sonntags zusammen gefrühstückt. Das war an dem Wochenende, als du bei Rike warst. Tja, und dann waren wir auch schon mal an der Elbe spazieren und anschließend Fisch essen.«

»Das wusste ich ja alles gar nicht.«

»Ist das so schlimm?«

»Ne, aber ich dachte, du ... du willst von dem Typen auch nichts wissen.«

»Wieso?«

»Weil ...« Karo stiegen auf einmal die Tränen in die Augen.

»Weil du nichts von ihm wissen willst?«

»Hm ...«

»Aber Karo, ich war doch neugierig, deinen Vater kennen zu lernen.«

Dieses Wort. Dieses schreckliche Wort.

»Und ich muss sagen, er gefällt mir.«

Auch das noch. Warum konnte Opa nicht sagen, dass er ihn superblöd und zum Sterben langweilig fand?

»Du möchtest das sicher gar nicht von mir hören –«

»Stimmt!«

»Aber so ist es nun mal.«

Eine Weile schwiegen sie beide.

»Hast du Mutter damals eigentlich geglaubt?«, fragte Karo schließlich.

»Wann?«

»Na, als sie Omi und dir erzählt hat, dass sie 'n Kind bekommt und der Vater bei 'nem Unfall gestorben ist.«

»Ich hab ihr geglaubt. Omi nicht.«

»Und warum nicht?«

»Sie fand das alles irgendwie merkwürdig. Dass es kein Foto von deinem Vater gab und keine Familie, die das Kind sehen wollte. Ich hab versucht, ihr zu erklären, dass Jutta ihn nur kurze Zeit gekannt hat. Da lernt man nicht gleich die ganze Familie kennen. Aber das hat deiner Omi nicht eingeleuchtet.«

»Die hat bestimmt irgendwas geahnt.«

»Na ja, sie hat gedacht, deine Mutter sei von irgendeinem Mann sitzen gelassen worden. Und das fand sie natürlich schrecklich. Wie kann uns bloß so was passieren?, hat sie immer wieder gestöhnt.«

»Hat sie Mutter nicht geholfen?«

»Nein.« Opa nahm seine Brille ab und strich

sich über die Stirn. »Nein, geholfen hat sie ihr ganz und gar nicht. Sie hat sich nur für sie geschämt.«

Jetzt verstand Karo plötzlich, warum Mutter so selten über Omi sprach. Und wenn, dann war sie sofort schlecht gelaunt.

»Aber dieser … dieser Martin hat Mutter doch sitzen lassen …?«

Opa schaute sie mit großen Augen an. »Nein, das hat er nicht.«

»Sondern?«

»Na, du weißt ja, wie das war mit der Grenze. Da hatte eine Liebe zwischen Ost und West kaum eine Chance. Außerdem war Martin verheiratet.«

»Also doch!«

»Nein, nicht das, was du denkst«, sagte Opa und seine Stimme klang auf einmal ganz ernst. »Deine Mutter hat Martin verlassen. Weil sie dachte, dass ihm seine Frau wichtiger wäre. Aber seine Ehe war schon längst kaputt. Das Einzige, was ihn in der Familie noch hielt, war sein Sohn.«

»Er hat einen Sohn?«

»Ja. Der war damals fünf.«

Dann hatte sie ja einen Halbbruder!

»Kurz nachdem deine Mutter für immer aus Berlin verschwunden ist, hat Martin die Scheidung eingereicht. Er hat die Trennung von deiner Mutter nie verwunden.«

»Er hätte ihr doch schreiben können.«

»Das hat er auch. Aber die einzige Adresse, die er kannte, war die in Berlin, und da wohnte sie nicht mehr. Also sind all seine Briefe zurückgekommen.«

Wenn der Sohn damals fünf war, war er jetzt sechzehn oder siebzehn.

»Hörst du mir noch zu?«

»Ja.«

»Martin ist ein feiner Mensch. Das wirst du auch irgendwann merken.«

Opas Worte versetzten Karo einen Stich. Später, beim Einschlafen, versuchte sie zu vergessen, was sie gehört hatte. Aber vor ihren Augen tauchte immer wieder das Bild von Martin auf. Wie er an der Grenze steht und nicht auf die andere Seite kommt.

Endlich Sommerferien!

Eine Woche später wurde es endlich wieder warm. Gerade rechtzeitig für die Sommerferien.

»Wenn wir morgen bloß nicht diese blöden Zeugnisse kriegen würden«, stöhnte Sven.

Karo dachte nicht an die Zeugnisse. Sie dachte nur daran, dass sie nachher nach Hause fahren würde, um zu packen.

»Drück mir mal die Daumen, dass ...«

»Was?«, fragte Rike.

»Dass dieser ... Martin nicht da ist.«

»Und wenn schon. Du bleibst ja nur bis morgen.«

Martin war nicht da, aber in Mutters Zimmer lagen ein paar Hemden und eine Hose, die ihm gehören mussten. Und an der Wand neben ihrem Schreibtisch hing jetzt ein großes Foto von ihm. Darauf trug er seine Baskenmütze und lächelte.

Als Mutter später zum Einkaufen ging, schaute Karo sich noch mal in Ruhe das Foto von Martin an.

Es war etwas an seinem Blick, was ihr vorhin schon aufgefallen war und was sie sich am liebsten weggewünscht hätte. Etwas Freundliches, Warmes. Karo ging ganz nah an das Bild heran, um zu sehen, was für Augen er hatte. Ja, sie waren hellbraun und um die Pupille herum hatten sie einen grünen Ring. Die gleichen Augen wie sie.

»Martin übernachtet heute bei einem Kollegen von mir«, sagte Mutter, als sie vom Einkaufen zurückkam. »Du wirst ihm also nicht begegnen.«

»Danke«, murmelte Karo.

»Er war derjenige, der darauf bestanden hat.«

»Aha ...«

»Weil er nicht wollte, dass uns dieser Abend vermiest wird.«

Einen Moment lang schwiegen sie beide.

»Hast du deinen Ausweis eingepackt?«

»Ja.«

»Und das französische Geld?«

»Auch.«

Zum Abendbrot gab es Spaghetti mit Tomatensoße und zum Nachtisch Quarkspeise mit Erdbeeren. Aber Karo hatte keinen Appetit.

»Schmeckt's dir nicht?«
»Ich weiß auch nicht ...«
»Wahrscheinlich hast du Reisefieber.«
»Hm ...«
»Versprich mir, dass du Wiecherts keine Schwierigkeiten machst.«
»Wieso Schwierigkeiten?«
»Na ja, Rike und du, ihr seid manchmal ganz schön übermütig. Also schwimmt nicht zu weit raus, lauft nicht zu weit weg und haltet euch an das, was Rikes Eltern sagen.«
»Das ist doch klar.«
»Dann ist es ja gut.«
»Was machst du eigentlich in den Ferien?«
»Ich werde ein paar Tage nach Berlin fahren. Und dann wollen Martin und ich für zwei Wochen nach Boltenhagen.«
»Wo ist das denn?«
»An der Ostsee. In Mecklenburg.«
»Fährt er da öfter hin?«
»Ja, in Boltenhagen war er schon als Kind.«
Karo blickte auf ihren Teller. Dann war er sicher auch mit seinem Sohn immer da hingefahren. Ihrem Halbbruder. Ob Mutter diesen Halbbruder schon kennen gelernt hatte?
»Karo, wenn du jetzt doch gern mit uns fahren möchtest ...«
»Nein ...«

»Ist gut.« Mutter stand auf und fing an abzuräumen. »Ich wollte es dir nur noch mal sagen.«

»Hast du die Adresse von dem Haus in Soulac?«

»Ja, natürlich.«

»Vielleicht schreibst du mir mal.«

»Bestimmt.« Mutter hatte auf einmal Tränen in den Augen.

Beim Gutenachtsagen hätte Karo ihr beinahe ins Ohr geflüstert, dass sie sich schon aufs Wiedersehen freute.

Aber stimmte das überhaupt? Würde nach den Ferien nicht alles wieder von vorn anfangen? Das Streiten und das Umziehen. Vielleicht würde sie ja doch irgendwann im Internat landen.

Am nächsten Tag dachte Karo nicht mehr an das, was nach den Ferien sein würde. Jetzt gab's erst mal Zeugnisse und dann ging's los nach Frankreich!

Rike und sie hatten nur Zweien und Einsen. Ja, Karo hatte sogar in Englisch noch eine Zwei bekommen, trotz der Vier minus in der einen Arbeit.

Mutter holte sie beide von der Schule ab und brachte sie direkt zu Wiecherts. Als Karo sie zum Abschied drückte, hatte sie auf einmal einen Kloß im Hals. Warum konnte Mutter nicht einfach mitkommen?

»Ich hab dir aufgeschrieben, wo du mich erreichen kannst, wenn irgendwas ist«, sagte Mutter und gab ihr einen Zettel mit Martins Adresse und mit der Anschrift der Pension in Boltenhagen.

»Danke.«

»Pass gut auf dich auf!«

»Ja ...«

Mutter verabschiedete sich von Wiecherts, dann stieg sie in ihren Wagen, winkte und war weg.

Karo faltete den Zettel zusammen und steckte ihn in die Seitentasche ihres Rucksacks. Sie wusste nicht, ob sie Mutter schreiben würde, aber den Zettel wollte sie auf keinen Fall verlieren.

Eine Viertelstunde später saß sie mit Wiecherts im voll gepackten Volvo und fuhr in Richtung Elbbrücken.

»Hoffentlich hält der Dachgepäckträger«, sagte Herr Wiechert und wischte sich über die Stirn.

»Den hab ich superfest montiert«, protestierte Alex.

»Ich sag ja auch nur.«

»Hat der Hund noch was getrunken?«, fragte

Frau Wiechert und zeigte auf den hechelnden Max, der hinten im Kofferraum stand.

»Ich weiß nicht«, antwortete Rike.

»Das war doch deine Aufgabe, ihm Wasser zu geben.«

»Ich hab's vergessen.«

»Oh, nein!«, stöhnte Herr Wiechert. »Heißt das, dass wir in Stillhorn schon wieder halten müssen?«

»Ja.«

Trotzdem schafften sie es an diesem Tag bis Straßburg. Als sie über die französische Grenze fuhren, klopfte Karos Herz. Sie war erst ein Mal im Ausland gewesen, in Österreich. Aber das war was anderes. Da sprachen sie ja Deutsch.

Sie übernachteten in einer kleinen Pension, in der man Wiecherts schon kannte. Irgendwann gegen Morgen wachte Karo in Schweiß gebadet auf. Wo war sie? Was war das für ein merkwürdiges Bett? Sie wollte gerade nach Mutter rufen, als sie sah, dass Rike neben ihr lag und schlief.

Leise stand sie auf und ging ans Fenster. Der Garten war in ein milchiges Licht getaucht. Bald würde die Sonne aufgehen. Sie spürte, wie ihr die Tränen in die Augen stiegen. Warum hatte sie plötzlich Heimweh nach Mutter? Sie holte den Zettel aus dem Rucksack, um zu sehen, wo Mutter jetzt war. Berlin: 9.–13. Juli, stand darauf. Boltenhagen: 14.–28. Juli. Das hieß, dass sie heute und morgen noch in Hamburg war. Sollte sie sie vorm Frühstück kurz anrufen? Mutter hatte ihr extra Kleingeld zum Telefonieren mitgegeben. Nein. Karo packte den Zettel wieder ein. Lieber nicht. Sonst würde sie womöglich noch anfangen zu weinen.

Sie musste noch mal tief eingeschlafen sein, denn als Rike sie an der Schulter rüttelte, dauerte es eine Ewigkeit, bis sie richtig wach wurde.

»Gleich Viertel nach sechs«, rief Rike. »Wir wollen um sieben Uhr weiter. Heute wird's heiß.«

Und wie heiß es wurde! Max hing bereits nach zwei Stunden Fahrt die Zunge aus dem Maul.

»Ob das so gut ist für den Hund, diese Hitze?«, fragte Herr Wiechert.

»Genau das hab ich dich neulich auch gefragt«, antwortete Frau Wiechert. »Aber du wolltest ja unbedingt, dass Max mitkommt.«

»Ich auch«, rief Rike.

»Er wird's überleben«, murmelte Alex.

Sie beschlossen, öfter auszusteigen, um Max frisches Wasser zu besorgen.

Karo wartete immer ungeduldiger darauf, dass sich die Landschaft veränderte. Sie waren doch schon so lange unterwegs in Richtung

Süden. Trotzdem sahen die Wiesen und Felder noch genauso aus wie in Deutschland. Und Palmen hatte sie auch noch nicht gesehen.

Aber kurz nachdem sie von der Autobahn abgefahren waren, entdeckte sie die erste Schirmpinie. Und dann kamen sie durch einen richtigen Wald von Schirmpinien. Hier war es schattig und kühl. Und der Boden war überall sandig. Jetzt war es bestimmt nicht mehr weit.

»Gleich siehst du das Meer«, sagte Rike.

Und da lag es auch schon vor ihnen. Karo erschrak, wie sie immer ein bisschen erschrak, wenn sie nach langer Zeit zum ersten Mal wieder das Meer sah. Es war so riesig groß. Und hier war es ganz blau. Wie gut, dass sie Mutter nicht angerufen hatte. Sonst wäre sie vielleicht längst wieder in Hamburg.

»In zehn Minuten sind wir da«, sagte Herr Wiechert.

In diesem Moment fing Max fürchterlich an zu jaulen.

»Ist ja gut, Max«, sagte Rike und kraulte ihm den Kopf. »Der weiß, dass er bald rauskommt.«

Sie hielten vor einem schönen, alten Haus mit einem Balkon und einem großen Garten. Dort wartete schon die Maklerin mit dem Schlüssel auf sie. Rikes Eltern verstanden nicht sofort alles, was sie sagte, weil sie so schnell sprach.

Aber dann begriffen sie allmählich, dass es in der Straße einen Wasserrohrbruch gegeben hatte. Vor acht Uhr abends würden sie kein Wasser haben. Jetzt war es halb sechs.

»Und ich hatte mich so auf die Dusche gefreut«, stöhnte Herr Wiechert.

»Macht doch nichts«, sagte Frau Wiechert. »Dann gehen wir eben erst mal schwimmen.«

Es war Flut und die Wellen schlugen mit lautem Donnern auf den Strand.

»Kinder, passt auf«, sagte Herr Wiechert. »Mit diesen Wellen ist nicht zu spaßen.«

»Die sind doch super!«, rief Alex und warf sich mit seinem Surfboard ins Wasser.

Kurz darauf sahen sie ihn weit draußen auf den Wellen dahingleiten. Es sah so einfach aus.

»Toll, wie der das kann«, sagte Karo.

»Ja, Alex ist der geborene Surfer«, sagte Frau Wiechert und seufzte. »Trotzdem kann ich's kaum mit ansehen.«

»Komm«, rief Rike und griff nach Karos Hand. »Ich weiß eine geschützte Stelle. Da sind die Wellen nicht so gefährlich.«

Sie liefen den breiten Strand entlang, bis sie zu zwei Molen kamen, die nicht weit voneinander entfernt lagen. Dazwischen waren die Wellen lange nicht so hoch.

Karo sah erst mal zu, wie Rike unter den Wellen durchtauchte und sich dann auf einem Wellenkamm zurück an den Strand treiben ließ.

»Jetzt musst du's auch mal versuchen«, rief sie ihr vom Wasser aus zu.

Beim ersten Mal verlor Karo sofort den Boden unter den Füßen. Sie wurde durchs Wasser gewirbelt und schlug schließlich mit dem Kopf auf dem Sand auf. Erschöpft blieb sie einen Moment liegen.

»Alles okay?«, fragte Rike und half ihr aufzustehen.

»Ja.«

»Das ist was anderes als die Ostsee, oder?«

»Das kannst du wohl sagen.«

Beim zweiten Mal klappte es schon etwas besser. Und irgendwann hatte Karo den Dreh raus. Mutter würde staunen, wenn sie sie so sehen könnte.

»Na, ihr zwei Delfine«, rief Frau Wiechert, als sie aus dem Wasser kamen. »Macht das Spaß?«

»Und wie!«

Während sie sich abtrockneten, beobachteten sie, wie Max versuchte ins Wasser zu laufen. Im letzten Augenblick rannte er immer wieder vor den Wellen davon. Und dann sprang er an Rike hoch und sah sie bittend an. Als ob sie ihm helfen könnte.

»Das Meer macht ihn ganz kribbelig«, sagte Frau Wiechert.

»Und Alex macht es süchtig«, sagte Herr Wiechert. »Der kann mal wieder nicht genug kriegen.«

»Wir gehen jetzt essen«, rief Frau Wiechert und winkte Alex zu. »Wenn du auch was willst, musst du kommen.«

Später saßen sie auf der Veranda eines Restaurants und aßen gegrillten Fisch mit Pommes. Dazu gab's Cola und zum Nachtisch Vanilleeis mit Schokoladensoße. Die Luft roch süß, die Grillen zirpten und es war immer noch so warm, dass sie keine Jacke brauchten.

Plötzlich erschrak Karo. Da vorn ging ein Mann über die Straße, der genauso aussah wie Martin. Dieselbe Größe, dieselbe Halbglatze. Neben ihm lief ein Junge, der vielleicht sechzehn oder siebzehn war. Der Junge erzählte dem Mann irgendwas und dann lachten sie beide. Sie kamen näher und näher. Karo hielt die Luft an. Was sollte sie machen, wenn das tatsächlich Martin war? Martin mit seinem Sohn. Ihrem Halbbruder. Nein! Nein, er war es nicht. Er hatte ganz andere Augen. Und außerdem sprach er Französisch.

»Was hast du?«, fragte Rike. Sie hatte Karo beobachtet.

»Ich dachte, da läuft Martin«, antwortete Karo leise.

»Wo?«

»Der Mann da. Mit dem Jungen.«

Rike zuckte mit den Achseln. »Find ich eigentlich nicht, dass die sich ähnlich sehen.«

Karo schloss einen Moment lang die Augen. Was war los mit ihr? Sah sie jetzt schon Gespenster?

Am nächsten Morgen schien wieder die Sonne. Rike und sie gingen zum nächsten Supermarkt und kauften fürs Frühstück ein: Stangenweißbrot, Butter, Marmelade und Milch. Karo wünschte, dass sie wenigstens etwas von dieser Sprache verstehen könnte. Sie klang so schön und gleichzeitig so fremd. Eines Tages würde sie Französisch lernen. Dann könnte sie auch in den kleinen Läden einkaufen und nicht nur im Supermarkt, wo sich jeder selbst bediente.

Gefrühstückt wurde im Garten unter einem schattigen Baum. Danach ging's gleich wieder an den Strand.

»Cremt euch gut ein«, sagte Frau Wiechert. »Die Sonne hat hier sehr viel Kraft.«

Karo bekam zum Glück nicht so leicht einen Sonnenbrand. Rike aber schon. Also legten sie sich nachmittags unter einen der beiden großen

Schirme, die Herr Wiechert am Strand aufgestellt hatte.

»Ich find's so schön, dass du mitgekommen bist«, sagte Rike.

»Ich auch«, antwortete Karo und blickte aufs Meer hinaus.

Was Mutter und Martin jetzt wohl machten? Heute waren sie ja noch in Hamburg. Wenn das Wetter schön war, fuhren sie vielleicht zum Picknicken in den Duvenstedter Brook oder an die Elbe.

Sie würde zu gern wissen, was Mutter Martin schon alles von ihr erzählt hatte. Ob er wusste, dass sie die Kette zum Geburtstag bekommen hatte? Und wie froh sie über dieses Geschenk gewesen war, weil sie endlich etwas hatte, was von ihrem Vater war?

»Du siehst auf einmal so traurig aus«, platzte Rike in ihre Gedanken.

»Ich ... hab gerade an Martin gedacht.«

»Und?«

»Eigentlich weiß ich überhaupt nichts über ihn.«

»Stimmt.«

»Na ja, egal ... Komm, wir gehen ins Wasser!« Karo sprang auf und rannte auf die Wellen zu. Rike kam hinter ihr her und gemeinsam tauchten sie unter der ersten Welle durch.

»Egal ist das nicht«, rief Rike und schnappte nach Luft.

Karo antwortete nicht, sondern warf sich gleich in die nächste Welle. Rike hatte ja Recht. Es war nicht egal.

Nach einer Woche kam ein Brief von Mutter aus Berlin. Dort war es auch heiß. *Ich entdecke Ost-Berlin. Das heißt, ich schau mir all die Orte wieder an, an denen ich damals mit Martin gewesen bin. Es sieht fast alles noch genauso aus wie vor zwölf Jahren, was mir ganz merkwürdig vorkommt, weil sich für uns so vieles verändert hat. Damals gab es dich noch gar nicht. Das kann ich mir überhaupt nicht mehr vorstellen. Martin übrigens auch nicht. Er schickt dir herzliche Grüße. Wir denken viel an dich und wünschen dir, dass du die Ferien mit Rike rundherum genießen kannst.*
Viele liebe Grüße, deine Mutter.

»Was schreibt sie?«, fragte Rike.

»Dass sie in Berlin ist.«

»Da möcht ich auch mal hin.«

»Und dass es heiß ist.«

»Sonst nichts?«

»Doch, was sie so macht und so ...«

Rike sah sie stirnrunzelnd an, aber sie fragte nicht weiter. Und Karo hätte auch nicht gewusst, was sie ihr antworten sollte. Ihr gefiel es einfach, dass Mutter und Martin so viel an sie dachten.

In dieser Nacht träumte Karo, dass sie allein am Strand spazieren ging. Auf einmal sah sie in der Ferne einen schwarzen Punkt, der immer größer wurde. Sie wunderte sich, weil ihr sonst hier nie jemand entgegenkam. Es war ein Mann mit einer Fliege. Wie komisch, am Strand mit einer Fliege herumzulaufen. Das tat nicht mal Herr Wiechert. Erst als sie nur noch wenige Meter von dem Mann entfernt war, sah sie, dass es Martin war. Er lächelte sie an, doch Karo tat, als würde sie ihn nicht kennen und ging schnell an ihm vorbei. Aber nachdem sie ein paar Schritte gegangen war, drehte sie sich noch mal nach ihm um. Er stand da und sah sie an. Hallo, sagte sie. Hallo, Karoline, sagte er und streckte ihr die Hand entgegen. In diesem Moment wachte sie auf.

»Ist was?«, flüsterte Rike.

»Wieso?«

»Du hast dich gerade so hin und her gewälzt.«

»Ich ... hab geträumt ...«

»Was Schlimmes?«

»... Ne ...«

»Dann ist es ja gut.«

Als Karo am nächsten Morgen aufwachte, musste sie als Erstes an den Traum denken. Wenn das alles wirklich so passiert wäre, hätte sie sich dann auch nach Martin umgedreht oder wäre sie weitergegangen?

»Guck mal, da ist der Typ, den du mir neulich gezeigt hast«, sagte Rike, als sie an den Strand kamen.

Jetzt sah Karo ihn auch, den Mann mit der Halbglatze. Er lag ein paar Meter entfernt in einem Liegestuhl. Sie fand immer noch, dass er Ähnlichkeit mit Martin hatte.

»Und da vorn ist sein Sohn«, sagte Rike und deutete auf einen Jungen, der gerade mit seinem Surfboard ins Wasser lief.

Die Wellen waren heute höher als sonst und nur wenigen Surfern gelang es, sich länger als ein paar Sekunden auf ihren Brettern zu halten. Alex war mit Abstand der Beste. Karo staunte, wie mühelos er auf den Wellen dahinglitt.

Rike und sie versuchten ein paarmal unter den Wellen durchzutauchen, aber der Sog war so stark, dass sie sofort abgetrieben wurden.

»Komm, wir gehen raus!«, rief Rike. »Das ist zu gefährlich.«

»Alex soll auch rauskommen«, sagte Herr Wiechert.

»Alex!«, rief Frau Wiechert und winkte.

Doch Alex war plötzlich verschwunden.

Frau Wiechert wurde blass. »Ich hab ihn eben noch gesehen.«

»Alex!«, schrie Herr Wiechert.

»Wir müssen Hilfe holen!« Frau Wiechert rannte aufgeregt zu den Leuten von der Seenotrettung. Herr Wiechert lief hinter ihr her.

Karo griff nach Rikes Hand. Wenn Alex nur nichts passiert war!

Während das Rettungsboot rausfuhr, sahen sie, dass jetzt auch der Mann mit der Halbglatze aufgesprungen war und etwas in den Wind schrie. Und dann ging alles ganz schnell. Das Boot bremste, zwei Rettungsringe wurden über Bord geworfen und kurz darauf zogen die Männer zwei Jungen ins Boot. Ein paar Minuten später waren sie wieder am Strand.

Frau Wiechert weinte, als Alex aus dem Boot stieg und sie ihn in die Arme nahm.

»Der Typ da hat wie verrückt um Hilfe geschrien«, sagte Alex und zeigte auf den Jungen, dem die Männer gerade aus dem Boot halfen. »Da hab ich versucht, ihn zu retten. Aber ich bin gegen die Strömung nicht angekommen.«

Der Mann mit der Halbglatze drückte seinen Sohn an sich und strich ihm über den Kopf. Karo schluckte. Wenn das Martins Sohn gewesen wäre!

»Junge, das war ganz schön knapp«, sagte Herr Wiechert und seufzte.

Alex nickte. »Ich hätte auch nicht mehr lange durchgehalten.«

»Warum haben die nicht längst die rote Fahne gehisst?«, fragte Frau Wiechert.

»Da ist sie!«, rief Rike und deutete auf den Mast, wo gerade die rote Fahne hochgezogen wurde.

Der Mann drehte sich jetzt zu Alex um und sagte etwas auf Französisch zu ihm. Alex sah seine Eltern fragend an.

»Er bedankt sich bei dir«, übersetzte Frau Wiechert. »Weil du seinem Sohn das Leben gerettet hast.«

»Ich hab ihm nur mein Brett hingehalten.«

»Ja, und genau das hat ihn wahrscheinlich gerettet. Er hatte keine Kraft mehr und war kurz davor zu ertrinken.«

»Da ist sein Brett!«, rief Alex und zeigte auf ein Surfboard, das gerade an den Strand geschwemmt wurde.

»Und wo ist deins?«, fragte Rike.

»Wahrscheinlich weg.«

Wieder sagte der Mann etwas auf Französisch.

»Er wird dir ein neues Surfboard kaufen«, übersetzte Herr Wiechert.

»Wirklich?«

Der Mann nickte.

»Danke«, sagte Alex.

Die Väter tauschten Namen und Adressen aus, die beiden Jungen gaben sich die Hand und danach gingen sie alle nach Hause.

Abends schrieb Karo einen Brief an Mutter. Sie erzählte ihr von dem schönen, alten Haus, vom Strand und vom Meer. Und davon, wie toll sie Französisch fand und dass sie schon ein paar Wörter konnte. Nur von dem Jungen, der heute beinahe ertrunken wäre, erzählte sie nichts.

Bis bald, viele liebe Grüße, deine Karo.

Und Martin? Was war mit dem? Sollte sie den auch grüßen? Ein paar Minuten lang überlegte sie, was sie schreiben könnte. Schöne Grüße? Herzliche Grüße? Nein, das passte alles nicht. Da ließ sie die Grüße lieber weg.

Am nächsten Morgen war Karo gerade vom Briefkasten zurückgekommen, wo sie den Brief an Mutter eingeworfen hatte, als der Mann mit seinem Sohn vorbeikam. Sie wollten mit Alex in die Stadt fahren, um ein neues Surfboard zu kaufen.

Karo blickte ihn verstohlen von der Seite an. Eigentlich sah er doch nicht so aus wie Martin. Sein Mund und seine Nase waren ganz anders.

Außerdem fehlten ihm die Lachfalten um die Augen.

Karo schaute ihnen nach, wie sie zum Auto gingen. Und auf einmal tat es ihr Leid, dass sie keine Grüße an Martin bestellt hatte.

Wieder zu Hause

Dass drei Wochen Ferien so schnell vorbeigehen konnten! Plötzlich machten sie alles schon zum letzten Mal: im Supermarkt Stangenweißbrot einkaufen, im Garten unterm Baum frühstücken, in den Wellen baden, am Strand spazieren gehen und abends den Grillen zuhören.

»Wir wollen morgen ganz früh los«, verkündete Herr Wiechert. »Also packt ihr am besten heute noch all eure Sachen.«

»Freust du dich auf zu Hause?«, fragte Rike, als sie schließlich im Bett lagen.

»Ich weiß nicht ...«

»Wie wird das denn jetzt bei euch?«

»Weiß ich auch nicht ...«

»Hat deine Mutter nichts darüber geschrieben?«

»Ne ...«

Am ersten Tag der Rückreise versuchte Karo

noch nicht so viel über Hamburg nachzudenken. Das war schon schwierig genug. Aber am zweiten Tag war sie so aufgeregt, dass sie an nichts anderes mehr denken konnte. Würde sie jetzt wieder zu Hause wohnen? Oder zu Opa ziehen? Oder musste sie doch ins Internat? Sie wusste nicht einmal, was sie sich wünschen sollte.

Als sie in den Kuhnsweg einbogen, machte sie einen Moment lang die Augen zu. Hoffentlich gab es nicht gleich wieder Streit.

Nachdem sie geklingelt hatte, kam Mutter sofort die Treppe heruntergelaufen. Sie nahm sie in die Arme und drückte sie.

»Meine Karo«, murmelte sie. »Ich bin so froh, dass du wieder da bist.«

Sie lud Wiecherts ein, noch mit nach oben zu kommen, aber die wollten jetzt auch nach Hause.

»Tschüs«, sagte Rike und gab ihr einen kleinen Knuff. »Ich ruf dich morgen an.«

»Wir werden dich vermissen«, sagte Frau Wiechert.

»Ja«, sagte Herr Wiechert. »Nicht nur wir, sondern auch Max.«

Max schleckte ihr zum Abschied noch einmal mitten durchs Gesicht. Da musste sogar Karo lachen.

»Lass dich erst mal angucken«, sagte Mutter, als sie nach oben gingen. »Ich glaub, so braun warst du noch nie.«

»Wir hatten die ganze Zeit Sonne.«

»Was man von Boltenhagen leider nicht behaupten kann.«

»War's denn ... trotzdem schön?«

»Ja.«

Jetzt waren sie fast oben. Würde Martin ihnen gleich entgegenkommen?

»Martin ist übrigens in Berlin«, sagte Mutter, als ob sie Gedanken lesen könnte.

»Ist er extra abgereist?«

»Nein, er hat in Berlin zu tun.«

Das machte es erst mal leichter.

»Willkommen zu Hause.«

In Karos Zimmer stand ein Strauß mit Wicken. Karos Lieblingsblumen. Daneben lag eine Toblerone.

Karo hatte Mutter ein Glas Honig und einen Honiglöffel aus Holz mitgebracht. Beides hatte sie in Soulac auf dem Markt gekauft. Mutter liebte Honig über alles.

»Danke«, sagte sie und strahlte.

Beim Abendbrot erzählte Karo von Frankreich und Mutter von Boltenhagen. Karo fiel auf, dass Mutter fast gar nicht von Martin redete, sondern nur von Mecklenburg und dem

Meer und der Pension, in der sie gewohnt hatten. Ob sie sich mit Martin gestritten hatte?

»Vielleicht waren ihre Ferien gar nicht so schön«, sagte Karo am nächsten Tag zu Rike.

Sie lagen auf der Schwimmbadwiese und froren etwas, weil es in Hamburg längst nicht so warm war wie in Soulac.

»Fändest du das gut?«

»Ich weiß nicht ...«

»Wenn die beiden sich nicht mehr verstehen, wär doch alles wieder wie früher.«

»Nein«, sagte Karo. »Das wär's nicht.«

»Wieso nicht?«

»Jetzt weiß ich ja, dass es ihn gibt.«

»Stimmt auch wieder.«

Als Karo nach Hause kam, überlegte sie, ob sie Mutter einfach mal fragen sollte. Aber das wäre auch irgendwie komisch. Nachdem sie so lange nichts von Martin wissen wollte.

Es verging fast eine Woche, ohne dass sie über Martin sprachen. Und dann klingelte eines Abends das Telefon. Das muss Rike sein, dachte Karo und lief an den Apparat, bevor Mutter drangehen konnte.

»Karo Delius.«

»Tag, Karoline. Hier ist Martin.«

»Eh ...«

»Ich ...«

»Mutter steht neben mir.«

»Warte mal ’n Moment ...«

Mutter blickte sie fragend an, doch Karo zuckte nur mit den Achseln.

»Ich möchte dich was fragen.«

»Was denn?«

»Ob du was dagegen hast, wenn ich am nächsten Wochenende zu euch nach Hamburg komme.«

Karo schluckte.

»Ich werde nur kommen, wenn du damit einverstanden bist.«

War sie damit einverstanden? Sie wusste es nicht.

»Du musst auch nicht sofort was dazu sagen.«

»Dann ... geb ich dir jetzt Mutter ...«

Sie reichte den Hörer weiter und lief in ihr Zimmer.

Merkwürdig, seine Stimme hatte gar nicht so nervig geklungen, wie sie sie in Erinnerung hatte. Vom Fenster aus sah sie, wie der alte Herr Zeuner in langen Unterhosen hinter seinen kämpfenden Katzen herhumpelte und seinen Stock schwenkte. Wollte sie, dass er kam? Wann hatte sie ihn eigentlich zum letzten Mal gesehen? In der Bücherhalle? Nein, im Mühlenkamp.

Als er mit Mutter vorm Blumengeschäft stand und das Margeritenbäumchen im Arm hatte.

Karo legte sich auf ihr Bett und starrte an die Decke. Die vielen kleinen Risse waren immer noch da. Aber sie waren nicht größer geworden. Was sollte sie jetzt machen? Irgendwas musste sie ja sagen.

»Wann telefonierst du wieder mit Martin?«, fragte Karo, als Mutter kam, um ihr Gute Nacht zu sagen.

»Morgen Abend.«

»Dann sag ihm, dass er … meinetwegen nach Hamburg kommen kann.«

»Da wird er sich freuen.«

»Wir müssen ja nicht gleich was zusammen unternehmen.«

Mutter lächelte. »Natürlich nicht …«

Rike war begeistert, als Karo ihr erzählte, was passiert war.

»Super! Wann kommt er denn?«

»Ich glaube, am Sonnabend.«

»Pass mal auf, das wird richtig gut.«

»Woher weißt du das?«

»Das hab ich so im Gefühl.«

»Ich bin jetzt schon total aufgeregt.«

»Wetten, dass dein Vater ein netter Typ ist?«

»Wieso?«

»Der sah schon damals an der Alster so nett aus.«

Die Tage vergingen viel langsamer als sonst. Und dabei hätte Karo das Ganze so gern hinter sich gehabt.

»Martin kommt um kurz vor zwei am Hauptbahnhof an«, sagte Mutter, als sie am Sonnabend beim Frühstück saßen. »Ich hol ihn ab.«

Karo nickte und legte ihr angebissenes Brötchen auf den Teller zurück. Sie hatte sich schon morgens beim Aufwachen überlegt, dass sie nicht mit zum Bahnhof fahren würde. Das wäre nur Krampf.

»Bist du heute Nachmittag zu Hause?«

»Ja ...«

»Dann ... kommen wir direkt hierher.«

»Aber ich will nicht sofort mit euch zusammen Tee trinken und Kuchen essen und so was ...«

»Nein ...«

»Du siehst so aus, als ob du genau das vorgehabt hättest.«

»Karo, für mich ist die Situation auch schwierig«

»Am besten organisierst du gar nichts.«

»Ist gut.«

Je näher Martins Ankunft rückte, umso unruhiger wurde Karo. Sie fuhr eine Runde mit dem

Rad, kaufte sich ein Schokoladeneis und rief bei Rike an.

»Mir ist ganz schlecht vor Aufregung.«

»Wann kommt er?«

»Meine Mutter holt ihn um kurz vor zwei am Hauptbahnhof ab.«

»Und da willst du nicht mit ...«

»Ne, ich will überhaupt nicht irgendwas zu dritt machen.«

»Dann mach was mit ihm allein.«

»Und was soll ich zu ihm sagen?«

»Ich weiß nicht ... aber der ist wahrscheinlich genauso aufgeregt wie du ...«

»Ja ...«

»Vielleicht wartest du erst mal ab ...«

»Hm ...«

»Viel Glück! Ich denk an dich.«

»Danke!«, sagte Karo und legte den Hörer auf. Jetzt ging es ihr schon etwas besser.

Als sie nach Hause kam, war Mutter längst auf dem Weg zum Bahnhof. Auf dem Küchentisch lag ein Zettel: Wenn sie Hunger habe, könne sie sich den Rest Möhreneintopf aufwärmen. Und ob sie Hunger hatte! Außer einem Viertel Brötchen und dem Schokoladeneis hatte sie heute noch nichts gegessen. Sie stellte die Herdplatte an und holte sich einen Teller aus dem Schrank.

Später beim Essen horchte sie ständig, ob sie Schritte im Treppenhaus hörte. Und wenn ja, würden sie vor ihrer Wohnungstür Halt machen? Zehn vor drei. Lange konnte es nicht mehr dauern.

Sie räumte das schmutzige Geschirr in die Spülmaschine und lief auf den Balkon. Von hier aus konnte man den ganzen Kuhnsweg überblicken. Karos Augen wanderten hin und her, aber Mutters dunkelblauer Golf war nirgendwo zu sehen. Wenn sie nur endlich kommen würden, damit sie wenigstens die Begrüßung hinter sich hätte! Oder waren sie doch erst woanders hingefahren? Karo zupfte ein paar verwelkte Blüten von dem Margeritenbäumchen ab. Nein, dann hätte Mutter sie nicht gefragt, ob sie nachmittags zu Hause sein würde.

In diesem Augenblick sah sie, wie der Golf in den Kuhnsweg einbog. Bis vor zwei Minuten hatte es gegenüber eine Parklücke gegeben. Aber nun war alles voll. Mutter fuhr langsam an den parkenden Autos entlang, bog am Ende der Straße nach rechts ab und tauchte nach zwei Minuten am anderen Ende wieder auf. Es war immer noch alles voll. Jetzt flucht sie, dachte Karo. Oder zumindest würde Mutter fluchen, wenn sie mit im Auto säße. Ob das mit Martin anders war? Sie wusste es nicht. Plötzlich hielt der Wagen mitten auf der Straße, die Beifahrertür ging auf und Martin stieg aus. Warum hatte er bloß diese schreckliche Windjacke an? Er öffnete den Kofferraum und holte eine Aktentasche und einen Koffer heraus. Mutter winkte ihm zu, kurbelte ihr Fenster hoch und fuhr weiter.

Als Martin schon fast an der Eingangstür war, blieb er stehen und schaute nach oben.

»... Hallo, Karoline.«

»Tag ...«

»Der Zug hatte Verspätung.«

»Ach so ...«

Er verschwand im Haus. Karo lief in den Flur. Sie konnte deutlich seine Schritte hören. Gleich würde er im zweiten Stock sein. Sollte sie ihm die Tür aufmachen oder ihn selbst aufschließen lassen?

Sie öffnete die Tür und hielt ein paar Sekunden lang die Luft an. So schlimm würde es schon nicht werden.

Er hatte die oberste Stufe erreicht und lächelte, als er sie sah. »Da bin ich«, sagte er und setzte sein Gepäck ab.

Karo streckte ihm ihre Hand entgegen, weil ihr nichts Besseres einfiel. Er nahm die Hand in seine beiden Hände und drückte sie.

»Willst du nicht reinkommen?«, fragte Karo und zeigte auf das Gepäck.

Er nickte und brachte seine Sachen in Mutters Zimmer.

»Hast du Durst?«

»Ja ...«

»Wir haben Cola, Milch, Apfelsaft, Orangensaft, Selters und ... Tee.«

»Selters.«

Er kam mit in die Küche und setzte sich auf den Stuhl am Fenster. »Sind die Katzen noch da?«

»Ja ... Vor ein paar Tagen haben sie wieder gekämpft.« Karo reichte ihm sein Glas und schenkte sich selbst ein Glas Cola ein.

»Wir hatten früher auch eine Katze ...«

»Und ... ist sie tot?«

»Nein, sie lebt bei meinem Sohn. Er hat sie damals nach der Scheidung mitgenommen, als er mit seiner Mutter zu den Großeltern gezogen ist.«

»Wie heißt er?«

»Andreas.«

»Und wie alt ist er?«

»Siebzehn.«

In diesem Moment wurde die Wohnungstür aufgeschlossen.

»Hallo!«, rief Mutter fröhlich. »Wo seid ihr?«

Karo wünschte, sie hätte noch länger gebraucht, um einen Parkplatz zu finden.

Es gab natürlich doch Tee und Kuchen, sogar Karos Lieblingskuchen, Biskuitteig mit Himbeeren, Brombeeren und Johannisbeeren. Aber Mutter redete ohne Pause. Karo hatte es geahnt. Über verspätete Züge, fehlende Parkplätze und die kämpfenden Katzen vom alten Herrn Zeuner. Und als sie damit fertig war, fing sie an, von Karos Ferien in Frankreich zu reden. Irgendwann konnte Karo es nicht mehr ertragen und verzog sich in ihr Zimmer.

Beim Abendbrot war es nicht viel anders. Am liebsten hätte Karo ihr gesagt, dass sie mal ein paar Minuten den Mund halten solle. Martin ging dieses Geplapper bestimmt auch auf die Nerven.

»Was haltet ihr davon, wenn wir uns ein Eis holen?«, schlug Mutter schließlich vor.

Karo schüttelte den Kopf.

»Sonst kannst du nie genug Eis kriegen«, sagte Mutter erstaunt.

»Heute Abend möchte ich keins«, murmelte Karo.

Als sie später im Bett lag, dachte sie an das, was Martin ihr erzählt hatte, bevor Mutter zurückgekommen war. Vielleicht würde sie versuchen, bald wieder allein mit ihm zu reden.

Der Film

Am nächsten Morgen trafen sich Karo und Rike mit ihren Rädern auf der Krugkoppelbrücke. Es sah nach Regen aus. Deshalb hatte Karo ihr Badezeug gar nicht erst mitgebracht.

»Wie war's?«, fragte Rike.

»Ganz gut. Solange meine Mutter nicht da war, weil sie 'nen Parkplatz gesucht hat. Kaum war sie in der Wohnung, hat sie ununterbrochen gequasselt. Und Martin und ich haben keinen Ton mehr gesagt.«

»Deine Mutter war bestimmt total nervös.«

»Hm ...«

»Wie lange bleibt er?«

Karo zuckte mit den Achseln. »Er hat einen Koffer mitgebracht.«

»Dann wird er nicht morgen oder übermorgen wieder abreisen.«

»Ne.«

»Fahren wir um die Alster?«

»Okay.«

Sie radelten los.

»Was ist dein Vater eigentlich von Beruf?«, fragte Rike nach einer Weile.

Darüber hatte Karo auch schon länger nachgedacht.

»Irgendwie ist es doch komisch, dass er einfach so hier bleiben kann.«

»Vielleicht ist er arbeitslos.«

»Das glaub ich nicht.«

»Wieso nicht?«

»Ich weiß nicht.«

Nein. Wenn Karo ehrlich war, glaubte sie das auch nicht.

Gestern Nachmittag hatte sie gesehen, wie Martin irgendwelche Aktenordner ausgepackt hatte.

Sollte es ja auch geben, dass Leute ihre Arbeit einfach woandershin mitnehmen konnten.

Abends verkündete Mutter, dass Martin und sie ausgehen würden.

»Du bist ja schick.«

»Danke.«

»Wo geht ihr hin?«

Mutter zögerte. »... Ins Kino.«

Beinahe hätte Karo gefragt, ob sie mitkommen dürfte. Aber Mutter sah so aus, als ob sie lieber mit Martin allein gehen wollte.

Karo hatte schon geschlafen, als sie davon wach wurde, dass Mutter auf Zehenspitzen in ihr Zimmer kam.

»Ich wollte dich nur zudecken.«

»War der Film gut?«

Mutter nickte und gab ihr einen Gutenachtkuss. Karo sah, dass sie ganz verweinte Augen hatte.

»Ist was?«

Mutter strich ihr über die Haare. »Nein. Schlaf schön weiter.«

Karo drehte sich auf die Seite und machte die Augen zu. Erst jetzt fiel ihr auf, dass sie vergessen hatte zu fragen, in was für einem Film sie gewesen waren.

Als Karo am nächsten Tag die grüne Bluse in Mutters Zimmer hängen sah, dachte sie sofort wieder an ihre verweinten Augen. War der Film so traurig gewesen oder hatten Mutter und Martin sich gestritten?

In diesem Moment hörte sie, wie die beiden in der Küche miteinander lachten.

Erleichtert ging Karo in ihr Zimmer zurück. Was auch immer gestern Abend passiert war, nun war alles wieder gut. Sie schaute nach unten in den Hof, wo die Katzen ausnahmsweise mal friedlich nebeneinander in der Sonne lagen. Immer wenn sie jetzt die Katzen sah, musste sie an Martin denken, der seine Katze zusammen mit seinem Sohn verloren hatte. Wann würden sie mal wieder Gelegenheit haben, allein miteinander zu reden?

Ein paar Tage später sah Karo, dass Martin in der Küche saß und Zeitung las. Mutter war zu einer Kollegin gefahren, um einen neuen Kurs vorzubereiten.

»Ich ... wollte dich was fragen«, sagte Karo und setzte sich zu Martin an den Tisch.

»Nur zu«, sagte er und legte die Zeitung beiseite.

»Was bist du von Beruf?«

»Regisseur.«

Karo starrte ihn mit offenem Mund an. »Regisseur?«

»Ja, ich drehe Filme.«

»Was für Filme?«

»Kinofilme.«

»Und wie macht man das, einen Film drehen?«

»Das ist eine lange Prozedur. Erst mal brauchst du ein gutes Drehbuch, das du entweder selbst schreibst oder von einem Drehbuchautor bekommst. Dann musst du entscheiden, welche Szenen an realen Orten und welche im Studio gedreht werden sollen. Und danach beginnt die Suche nach geeigneten Drehorten und Schauspielern. Aber vor allem brauchst du jemanden, der dir das alles bezahlt. Bisher hatte ich Glück, weil ich bei der DEFA in Babelsberg angestellt war. Wie das in Zukunft werden wird, weiß ich nicht ...«

»Wo ist Babelsberg?«

»In Potsdam.«

Karo sah Martin plötzlich vor sich, wie er ihr in der Bücherhalle gegenüberstand und sie erstaunt anblickte. Hatte er ihr vielleicht gar nicht nachspioniert, sondern wirklich dort gearbeitet?

»Schreibst du die Drehbücher selbst?«

»Ja ... weil ich gern meine eigenen Geschichten verfilmen möchte.«

»Drehst du jetzt auch einen Film?«

»Nein. Im Augenblick schreibe ich an einem neuen Drehbuch. Leider hab ich mich an der Geschichte ziemlich festgebissen.«

»Was ist das für eine Geschichte?«

»Sie spielt in Berlin und handelt von einem kleinen Jungen, der im Februar 1946 seinen Vater verliert. Er stirbt an Typhus. Die Mutter ist auch schon geschwächt, und um nicht zu verhungern, fängt der Junge an, auf dem Schwarzmarkt zu handeln.«

»Mit was?«

»Was seine Familie noch so hat: Tafelsilber, Teppiche, Schmuck. Manchmal bekommt er ein paar Zigaretten geschenkt. Die lassen sich besonders gut gegen Lebensmittel eintauschen.« Martin fuhr sich mit der Hand über seinen kahlen Kopf. »Und für den Herd in der Küche klaut er Kohlen, wie viele andere Menschen auch. 1945/46 war ein unglaublich kalter Winter ...«

»Das hat mir mein Opa auch erzählt.«

»Ja, mit deinem Opa kann ich sehr gut über diese Dinge reden. Er erinnert sich an alles noch ganz genau.«

»Und warum hast du dich an der Geschichte festgebissen?«

»Je länger ich an dem Drehbuch arbeite, desto bedrückender finde ich das Thema. Deshalb geht's auch nur sehr langsam voran.«

»Wie bist du denn darauf gekommen?«

»Ich hab selbst als Kind auf dem Schwarzmarkt gehandelt.«

»Und hast du auch ... deinen Vater verloren?«

»Nein, zum Glück nicht. Aber ein Freund von mir.«

»Wie alt war der?«

»Sechs. Genauso alt wie ich.«

Karo fing an zu rechnen. Wenn er damals sechs war, war er jetzt fünfzig.

Martin lächelte.

»Für dich bin ich uralt, oder?«

»Och, geht so ... Rikes Vater ist schon zweiundfünfzig.«

»Dabei fällt mir ein ... hast du Lust, Rike mal mitzubringen? Ich würde sie gern kennen lernen.«

»Ja. Sie dich bestimmt auch.«

Karo versuchte, ein paarmal bei Rike anzurufen, um sie einzuladen, aber bei Wiecherts war niemand zu Hause.

Was sollte sie jetzt machen? Sie wollte so gern mit jemandem über das reden, was Martin ihr erzählt hatte.

Vielleicht würde sie bei Opa vorbeifahren. Den hatte sie seit einer Ewigkeit nicht mehr gesehen. Zuletzt vor den Ferien, als sie bei ihm gewohnt hatte.

»Magst du Bienenstich?«, fragte Opa, als sie bei ihm in der Küche saß.

»Hmmm, lecker!«

»Dann bedien dich!«

Das ließ Karo sich nicht zweimal sagen.

»Willst du Saft oder Kakao?«

»Saft.« Während Opa sich einen Tee kochte,

mixte Karo sich ihre Lieblingsmischung aus Apfelsaft und Selters.

»Und ... wie läuft's zu Hause?«

»Nicht schlecht.«

»Deine Mutter ist so froh, dass du wieder bei ihr bist.«

»Hm.«

»So schön es hier auch war mit uns beiden.«

Karo nahm einen großen Schluck. »Opa?«

»Ja?«

»Weißt du schon lange, dass Martin Filme dreht?«

»Ja. Wir reden oft über sein neues Drehbuch.«

»Ich weiß es erst seit heute.«

»Ach! Dann warst du neulich gar nicht mit?«

»Wo?«

»Im Kino.«

»Wann?«

»Ich glaube, am letzten Sonntag.«

Karo schüttelte den Kopf.

Letzten Sonntag? Das war der Abend gewesen, an dem Mutter die verweinten Augen gehabt hatte.

»Da wurde hier in Hamburg ein Film gezeigt, den Martin vor vielen Jahren gedreht hat.«

»Läuft der immer noch?«

»Das kann ich dir nicht sagen.«

Auf dem Nachhauseweg kaufte Karo sich ein Kinoprogramm. Im »Holi«, im »Grindel« und im »Abaton« lief schon mal kein Film von Martin. Das waren die Kinos, die Karo am besten kannte. Plötzlich stutzte sie. Das »Metropolis« zeigte nachmittags um vier einen Film mit dem Titel *Verloren*. Regie: M. Kleßmann, 1981.

Sie musste sofort Rike anrufen und sie fragen, ob sie morgen mit ihr ins Kino gehen würde. Zum Glück war sie jetzt zu Hause.

»Was ist das für ’n Film?«

»Er heißt *Verloren.*«

»Hab ich noch nichts von gehört.«

»Ich auch nicht. Bitte komm mit. Es ist wichtig.«

»Na gut.«

»Um halb vier auf der Krugkoppelbrücke?«

»Ja. Bis dann.«

An diesem Abend konnte Karo lange nicht einschlafen. Was war, wenn es ein ganz trauriger Film war? Immerhin hatte Mutter so geweint, dass sie noch beim Nachhausekommen rote Augen gehabt hatte.

»Wo ist Martin?«, fragte Karo, als sie am nächsten Morgen in die Küche kam.

»Der ist schon weg.«

»Wohin?«

»Ins Staatsarchiv. Er will da noch was nachschlagen. Am Sonntagabend fährt er ja wieder zurück.«

»Das wusste ich gar nicht.«

»Er hat in der nächsten Woche ein paar wichtige Termine in Berlin.«

Schade, dachte Karo. Sie hatte sich gerade an Martin gewöhnt.

»Was machst du heute?«, fragte Mutter.

»Ich treff mich um halb vier mit Rike.«

»Geht ihr schwimmen?«

Karo zögerte. »Mal sehen ...«

Sie war als Erste auf der Krugkoppelbrücke. Hoffentlich würde Rike nicht zu spät kommen. Bis zum »Metropolis« brauchten sie mindestens eine Viertelstunde.

Es war zwanzig vor vier, als Rike endlich kam. Sie war völlig außer Puste. »Tut mir Leid. Max ist weggelaufen. Wir mussten ihn erst suchen.«

»Und? Habt ihr ihn gefunden?«

»Ja, die Nachbarskinder haben ihn mit einer Wurst in ihr Haus gelockt.«

Karo stieg auf ihr Rad. »Komm, wir müssen uns beeilen.«

»Was ist das überhaupt für 'n Film?«

»Der ist von meinem Vater.«

»Waaas? Dein Vater dreht Filme?«

»Ja. Das weiß ich auch erst seit gestern.«

»Dann nichts wie los!«

Um zwei Minuten vor vier kamen sie am »Metropolis« an. Sie kauften ihre Eintrittskarten und betraten den fast leeren Kinoraum. Nur so wenig Leute, schoss es Karo durch den Kopf. Seltsam. Bis vor kurzem wäre sie eher schadenfroh gewesen, wenn sie gehört hätte, dass einer von Martins Filmen vor genau sieben Zuschauern gezeigt wurde.

»Weißt du, worum's geht?«

»Nein. Im Kinoprogramm stand was von 'ner Liebesgeschichte mit deutsch-deutschem Hintergrund.«

»Und hat dir dein Vater sonst noch was darüber gesagt?«

»Dem hab ich gar nicht erzählt, dass wir uns seinen Film ansehen wollen. Meiner Mutter auch nicht.«

»Bist du aufgeregt?«

»Hm ...«

Es wurde dunkel im Raum und auf der Leinwand erschien die erste Vorschau. Karo brach auf einmal der Schweiß aus. 1981 ... deutschdeutscher Hintergrund? Wieso war sie nicht gleich darauf gekommen?

»Rike, mir ... ist so schwindelig ...«

»Sollen wir wieder gehen?«

»Nein …«

Karo starrte auf die Leinwand. *DEFA-Deutsche Film AG* stand da jetzt in leuchtend weißen Buchstaben.

VERLOREN – Drehbuch und Regie: Martin Kleßmann

Schwarzweiße Bilder einer schneebedeckten Stadt. Ein Fluss, eine Brücke, im Hintergrund ein großes, altes Gebäude. Ein Paar steht Hand in Hand am Ufer des Flusses und blickt aufs Wasser. Sie ist jung, viel jünger als er. Ihre langen Haare flattern im Wind. Um den Hals trägt sie einen Wollschal, einen geringelten Wollschal …

Karo hielt die Luft an. Mutter hatte mal einen solchen Schal. Es gab ein Foto von ihnen beiden, als sie noch ganz klein war. Da stehen sie auf der zugefrorenen Alster, Karo winkt in die Kamera, während Mutter ihr den Schal um den Kopf wickelt.

Wie im Traum sah Karo die Bilder des Films an sich vorbeiziehen, Bilder von einem See, einem Schrebergarten, einem Friedhof.

Und immer wieder das Paar, wie es lacht und sich küsst und sich umarmt, als würde es sich nie wieder loslassen. Alle anderen Menschen schienen unendlich weit weg zu sein. Da gab es höchstens mal einen Kellner, einen Schaffner oder einen Mann im Schrebergarten, mit denen sie ein paar Worte wechselten. Ansonsten saßen sie auf einem Sofa im Schrebergartenhäuschen, gingen auf dem Friedhof spazieren, redeten, lasen und küssten sich.

Karo merkte, wie sie allmählich ungeduldig wurde. Das war doch kein normales Leben, was die da führten. Was machten sie denn zwischendurch, wenn sie mal gerade nicht zusammen auf dem Sofa saßen? Wo wohnten sie, wo arbeiteten sie, wo trafen sie ihre Freunde?

Und dann war da plötzlich die Mauer. Kein Ton mehr ... nichts ... nur die Mauer, die das Bild in zwei Teile zerschnitt.

Karos Schläfen begannen zu pochen. Sie zwang sich, nicht die Augen zuzumachen, auch wenn es noch so wehtat im Kopf.

Jetzt kamen lauter Bilder, auf denen die Frau und der Mann getrennt waren. Die Frau in der Bibliothek ... am Schreibtisch ... mit einer Freundin. Der Mann mit einer Filmkamera ... mit seinem kleinen Sohn ... mit seiner Ehefrau. Als das Paar sich wieder trifft, gibt es Streit. Beide reden, beide schreien, keiner hört dem anderen zu. Und dann ist da wieder die Mauer. Das letzte Bild zeigt den Mann, wie er an einem Grenzübergang steht und Besucher aus dem Westen beobachtet, die ihre Freunde und Verwandten begrüßen. Der Mann scheint auf jemanden zu warten, doch es kommt niemand.

Karo liefen die Tränen über die Wangen. Sie konnte nichts mehr erkennen von dem, was da zum Schluss geschrieben stand.

»Hast du das gelesen?«, fragte Rike, als sie nach draußen gingen.

Karo schüttelte den Kopf.

»Der Film wurde 1981 sofort verboten und hatte erst im Februar 1990 'ne öffentliche Premiere.« Sie drehte sich zu ihr um. »He, Karo, du weinst ja ...«

Jetzt brachen die Tränen erst richtig aus Karo heraus. Rike nahm sie in die Arme und streichelte ihr den Rücken.

Und so standen sie, bis Karo wieder aufhören konnte zu weinen. »Ich ... ich hatte keine Ahnung, dass es ... so ein Film sein würde«, sagte sie und versuchte zu lächeln.

»Wollen wir was trinken gehen?«

»Ja ...«

Nicht weit entfernt war ein Eiscafé. Sie setzten sich in die hinterste Ecke und bestellten zwei Cola.

»Eigentlich 'ne irre Geschichte«, sagte Rike.

Karo nickte.

»Ob das alles wirklich so war?«

»Ich weiß nicht ...«

»Dann hättest du ja einen Halbbruder.«

»Den hab ich.«

»Ehrlich? Wie alt ist der?«

»Siebzehn.«

»Und hast du den schon gesehen?«

»Ne, der wohnt ja in Berlin, bei seiner Mutter und seinen Großeltern.«

»Nicht mit deinem Vater zusammen?«

Karo schüttelte den Kopf. »Mein Vater und diese Frau sind schon lange geschieden.«

»Wegen deiner Mutter?«

»Hm.« Karo trank ihre Cola in einem Zug aus. »Martin hat mich gestern gefragt, ob du nicht mal mit zu uns kommen willst.«

»Ja, gern.«

»Vielleicht, wenn er das nächste Mal in Hamburg ist.«

»Wieso? Fährt er schon wieder weg?«

»Ja, am Sonntag.«

»Sag ihm, dass er bald wiederkommen soll.«

»Mach ich«, sagte Karo und wischte sich die Tränen ab.

»Wart ihr schwimmen?«, fragte Mutter, als Karo nach Hause kam.

»Ne ...«

»Wo wart ihr denn?«

»... Mit dem Rad unterwegs«, murmelte Karo und ging in ihr Zimmer.

Sie konnte Mutter nicht erzählen, dass sie Martins Film gesehen hatten. Dann müsste sie wieder weinen. Und das wollte sie nicht. Mutter brauchte ja nicht unbedingt zu wissen, wie traurig sie die Geschichte gemacht hatte.

Picknick an der Elbe

Am Wochenende schien die Sonne und es wurde noch mal richtig warm.

»Wollen wir an die Elbe rausfahren?«, fragte Karo beim Frühstück.

»Ich hab Opa versprochen, dass ich heute mit ihm einen Großeinkauf mache«, sagte Mutter.

»Dann fahren Karo und ich eben allein«, schlug Martin vor.

»Ja«, rief Karo. »Wir können ein Picknick mitnehmen.«

Mutter sah sie einen Moment lang überrascht an, dann sagte sie schnell: »Am besten fahrt ihr mit der S-Bahn.«

Karo schüttelte den Kopf. »Mit dem Bus ist es schöner.«

»Find ich auch«, sagte Martin.

»Da seid ihr eine Ewigkeit unterwegs.«

»Macht doch nichts.« Karo griff nach dem Busfahrplan.

»Was willst du auf deine Brote?«, fragte Martin.

»Gekochten Schinken und Camembert.«

»Und was für Obst?«

»Zwei Äpfel.«

Bevor sie gingen, packte Karo noch eine Flasche Wasser und eine Tafel Nussschokolade ein.

Sie fuhren mit dem 106er bis zum Eppendorfer Markt und von dort weiter mit dem 39er Richtung Teufelsbrück. Anfangs überlegte Karo noch, wie es wäre, wenn jetzt jemand aus ihrer Klasse in den Bus steigen würde. Aber schon nach kurzer Zeit dachte sie über ganz andere Dinge nach.

»Wie hast du Mutter eigentlich kennen gelernt?«

»In einer Buchhandlung am Alexanderplatz. Es war ein eiskalter Tag im Februar 1978.«

»Und was machte sie im Osten? Sie hat doch in West-Berlin studiert.«

»Ja, aber an dem Tag hatte sie sich ein Tagesvisum für Ost-Berlin besorgt. Sie war noch nie im anderen Teil der Stadt gewesen.«

»Hast du sie angesprochen?«

»Ja«, sagte Martin und schmunzelte. »Sie sah so verloren aus, wie sie da vor den Regalen mit

Marx- und Engels-Bänden stand. Ich hab sie gefragt, ob sie was Bestimmtes suche. Ja, sagte sie und zeigte auf ein Schild ›Klassiker‹, das über den Regalen hing. Im Westen sind ›Klassiker‹ Bücher von Goethe und Schiller. Ich sagte ihr, dass man bei uns was anderes darunter verstehe und jedes Deutschland eben seine eigenen Klassiker habe. Da mussten wir beide lachen. Und dann sind wir einen Kaffee trinken gegangen.«

»Hast du dich an diesem Tag in sie verliebt?«

»Ja ...«

»Und wann ist sie wieder gekommen?«

»Eine Woche später. Und von da an jede Woche.«

Sollte sie ihn nach dem Wollschal fragen und nach dem Sofa und den Spaziergängen auf dem Friedhof?

In diesem Moment hielt der Bus in Teufelsbrück.

»Sind wir schon da?«, fragte Martin.

Karo nickte. Die Fahrt war viel schneller vergangen als sonst.

Sie liefen an der Elbe entlang, bis sie zu dem kleinen Strand mit den Trauerweiden kamen, den Karo so liebte. »Wollen wir uns hier in den Schatten setzen?«

Martin nickte. Sie packten ihre Brote aus und fingen an zu essen.

Karo hielt es nicht mehr länger aus. »Gab es den Schrebergarten wirklich?«

Martin sah sie verblüfft an. »Hat ... Jutta dir davon erzählt?«

»Nein.«

»Aber woher weißt du dann –«

»Ich weiß es eben.«

»Warst du vielleicht in letzter Zeit im Kino?«

»Könnte sein.«

»Und Jutta und ich haben noch überlegt, ob wir uns nicht alle zusammen den Film ansehen sollten.«

»Das hätt ich nicht so gut gefunden.«

»Nein, sie auch nicht.«

»Also, wie war das nun?«

»Die Schrebergartensiedlung heißt ›Grönland‹. Dort hatte ein Kollege von mir ein Häuschen, in dem wir uns treffen konnten.«

»Bin ich da entstanden?«

»Ja ...«

»Gibt's das noch, dieses ›Grönland‹?«

»Ja, Jutta und ich waren im Sommer dort.«

»Da möcht ich auch mal hin ...«

»Wie wär's, wenn ihr irgendwann mal für ein Wochenende nach Berlin kommt?«

»Ja ...« Karo nahm sich einen Apfel. »Warum seid ihr eigentlich fast immer nur in dem Häuschen gewesen?«

»Ich … hatte Angst vor der Staatssicherheit. Da hatte es schon öfter Probleme gegeben. Einer meiner Filme war gerade verboten worden.«

»Und dieser doch auch, oder?«

»Ja, dieser erst recht. Der wurde sofort als staatsfeindlich eingestuft. Und das war er wohl auch … Mein Verhältnis zum Staat war nie besonders gut …«

»Hast du mal daran gedacht zu fliehen?«

»Ja … aber ich hatte nicht den Mut dazu. Außerdem gab es keine Perspektive. Meine Briefe an Jutta waren alle wieder zurückgekommen. Ich konnte nicht davon ausgehen, dass sie mich noch liebt …«

»Und wann hast du angefangen, sie zu suchen?«

»In der Nacht, als die Mauer gefallen ist. Ich wusste ja, dass Jutta aus Hamburg stammt. Also bin ich gleich am nächsten Tag nach West-Berlin gefahren und habe in einem Hamburger Telefonbuch eure Adresse gefunden. Danach habe ich ein paar Wochen lang versucht, Briefe zu schreiben, und als das nicht ging, habe ich irgendwann spätabends hier angerufen.«

»Und?«

»Nichts … Ich habe aufgelegt, bevor sich jemand melden konnte.«

»Warum?«

»Weil ich Angst hatte ...«

»Was hast du dir denn vorgestellt?«

»Ach, alles Mögliche. Dass Jutta einen Partner hat oder sogar seit Jahren glücklich verheiratet ist und mehrere Kinder hat. Aber ich habe nie daran gedacht, dass wir ein gemeinsames Kind haben könnten.«

»Merkwürdig ...«

»Das finde ich heute auch.«

»Und wann hast du beschlossen, nach Hamburg zu kommen?«

»Am 2. Mai, ganz früh morgens. Und dann bin ich gleich losgefahren. Allerdings wusste ich nicht, ob ich es schaffen würde, bei euch zu klingeln. Ich hatte schon mal Ende März ein paar Stunden vor eurem Haus gestanden.«

»Ehrlich?«

»Ja ...«

»Und ... hast du Mutter gesehen?«

»Nein ...«

»Wenn ich die ganzen Jahre gewusst hätte, dass es dich gibt, wär ich vielleicht allein zu dir gekommen.«

Martin sah sie an und nickte. »Jutta macht sich große Vorwürfe, dass sie dich mit dieser Lüge vom toten Vater hat aufwachsen lassen.«

»Immer noch?«

»Ja. Sie glaubt, dass das der Hauptgrund war, warum du es so schwer gefunden hast, dich an mich zu gewöhnen ...«

»Hm ...«

»Sie hat versucht, mich aus ihrem Leben zu streichen, weil sie die Trennung nicht anders ertragen hätte. Ich weiß nicht, ob du das verstehst.«

»Ja ... aber hat sie denn keine Angst gehabt, dass du irgendwann bei uns auftauchst?«

»Karoline, niemand hat geahnt, dass diese Grenze jemals geöffnet werden würde.«

»Hast du Mutter sehr vermisst?«

»Ja. Die Trennung hat mich fast um den Verstand gebracht.«

»Und warum hast du diesen Film gemacht?«

»Um das alles loszuwerden.«

»Und? Bist du es losgeworden?«

»Nein.«

Karo legte sich in den Sand und blickte hinauf in den Baum. »Was war das eigentlich für ein Streit am Ende des Films?«

»Das war schrecklich«, sagte Martin und seine Stimme zitterte. »Ich hatte Jutta erzählt, dass ich im Sommer einen Film in Leningrad drehen würde. Und da hatte sie die Idee gehabt, mich dort zu besuchen, weil wir dann endlich mal mehr Zeit miteinander haben würden. Ich sagte ihr, dass das nicht ginge, weil ich mich schon mit meiner Familie in Leningrad verabredet hätte. Für Jutta war das der Beweis, dass ich nicht wirklich zu ihr hielt, sondern dass mir meine Familie wichtiger war. Das stimmte nicht. Ich war nur bis dahin zu feige gewesen, meiner Frau zu sagen, dass ich eine andere liebte. Das habe ich erst getan, nachdem Jutta verschwunden war. Ein Jahr später haben wir uns scheiden lassen.«

»Weiß dein Sohn eigentlich von Mutter und mir?«

»Ich hab's ihm neulich erzählt.«

»Und?«

»Na ja, er war nicht gerade begeistert, dass ich ein zweites Kind habe. Aber es hat ihn auch nicht besonders überrascht. Vielleicht hat er so was vermutet, im Gegensatz zu mir.«

»Und ... versteht ihr euch gut?«

»Es geht so ... Ich habe Andreas in den letzten elf Jahren viel zu wenig gesehen.«

»Meinst du, ich werd ihn irgendwann kennen lernen?«

»Irgendwann sicher. Aber erst mal braucht er etwas Zeit, um das alles zu verdauen.«

»Das versteh ich.«

Martin schmunzelte. »Ja, darin bist du sozusagen Expertin.«

»Wollen wir weiter?«

»Ja.«

Sie standen auf, packten die Reste ihres Picknicks ein und liefen los.

Im Schatten hatte Karo gar nicht gemerkt, wie heiß es geworden war. Die Luft flimmerte richtig vor Hitze. In der Ferne fuhr ein Containerschiff, das immer kleiner wurde. Karo musste plötzlich daran denken, dass Martin morgen Abend nach Berlin zurückfahren würde.

»Kommst du am nächsten Wochenende wieder?«

»Ich glaube schon.«

»Das ist gut ...«

Hamburg oder Berlin?

Am Sonntagabend war Chaos in Karos Zimmer. Wie immer am Ende der Ferien dauerte es eine Ewigkeit, bis sie ihre Sachen für die Schule zusammengesucht hatte.

Sie zog ihre Schreibtischschublade auf, um nach ihrem Geodreieck zu suchen und stutzte plötzlich. Die Kette! Sie lag noch genau da, wo sie sie nach Martins Auftauchen hingeworfen hatte.

Vorsichtig strich sie mit dem Finger über den Aquamarin.

Was würde Martin dazu sagen, wenn sie jetzt die Kette trug? Er hatte sie schließlich Mutter geschenkt und nicht ihr.

Karo band sie um und betrachtete sich im Spiegel. Ob er sich überhaupt noch daran erinnerte?

»Diese Kette kenn ich doch«, sagte Martin, als sie ihn am Freitagabend vom Bahnhof abholten.

»Mutter hat sie mir zu meinem letzten Geburtstag geschenkt.«

»Wusstest du, dass sie von mir war?«

Karo nickte.

»Und du hast dich so gefreut«, sagte Mutter.

»Ja, weil ich endlich was hatte, was von meinem Vater war.«

»Dem toten Vater.«

»Ja ...«

»Und als der auf einmal lebendig wurde, hast du als Erstes die Kette abgemacht.«

»Genau.«

Martin lachte. »Das erklär mal jemandem.«

»Lieber nicht.«

»Auf jeden Fall steht sie dir sehr gut.«

»Danke.«

Karo hatte sich überlegt, dass sie ein Ruderboot mieten könnten, wenn Rike am Samstag kam. Doch ausgerechnet da regnete es in Strömen.

»Dann bleiben wir eben drinnen«, sagte Mutter. »Ist das so schlimm?«

»Nein, aber ich will nicht, dass wir hier nur rumsitzen und reden.«

Als es klingelte, war Karo so aufgeregt, dass sie ganz feuchte Hände bekam. Das war ihr bei

Rike noch nie passiert. Wenn's wenigstens kein langweiliger Nachmittag würde. Bei Wiecherts war's nie langweilig.

Und dann war plötzlich alles ganz einfach. Während Karo den Pflaumenkuchen aus der Küche holte, hörte sie, wie Martin und Rike schon über irgendwas lachten. Und später beim Rommèspielen lachten sie alle ganz viel.

»War doch schön, oder?«, fragte Mutter, als Karo Rike verabschiedet hatte.

»Ja.«

»Martin und ich haben uns gerade was überlegt.«

»Was denn?«

»Dass wir am nächsten Wochenende nach Berlin fahren.«

»Super!«

»Wenn du willst, kann Rike auch mitkommen.«

»Ehrlich?«

»Ja. Martins Wohnung ist groß genug.«

»Ich frag sie gleich morgen.«

Am nächsten Morgen schien zum Glück die Sonne und Karo konnte es kaum abwarten, bis sie Rike im Schwimmbad treffen würde.

»Willst du jetzt schon los?«, fragte Mutter. »Es ist doch erst halb zehn.«

»Macht nichts«, sagte Karo und lief hinunter in den Fahrradkeller.

Als sie mit ihrem Rad wieder nach oben kam, stand Frau Becker im Hausflur und kraulte ihren Zwergpinscher.

»Jetzt ist aus dem Liebhaber wohl was Dauerhaftes geworden«, sagte sie und grinste.

»Das ist kein Liebhaber. Das ist mein Vater«, antwortete Karo.

»Dein Vater?«, rief Frau Becker verblüfft. »Ich denke, der ist tot.«

»So kann man sich täuschen«, sagte Karo und schob ihr Fahrrad an der staunenden Frau Becker vorbei nach draußen.

Rike wartete bereits vor dem Schwimmbad.

»Du hast ja die Kette wieder um«, sagte sie zur Begrüßung. »Sieht schön aus.«

»Danke.« Karo strahlte.

»Dein Vater ist echt nett.«

»Du, Rike, meine Mutter und er haben sich was überlegt.«

»Was denn?«

»Dass wir alle zusammen nach Berlin fahren.«

»Ich auch?«

»Ja, am nächsten Wochenende.«

»Hey, das wär ja toll!«

»Meinst du, deine Eltern erlauben das?«

»Bestimmt! Ich ruf sie sofort an.«

Als Rike vom Telefonieren zurückkam, strahlte auch sie. »Kein Problem.«

»Juchhu!« Karo sprang auf. »Komm, wir gehen ins Wasser!«

Der Tag verging wie im Fluge. Mittags aßen Karo und Rike Pommes mit Ketschup. Und nachmittags gönnten sie sich noch ein Eis. Auf dem Nachhauseweg fuhren sie zusammen bis zur Krugkoppelbrücke. Sie lehnten ihre Räder an die Brüstung und schauten aufs Wasser, in dem sich die Sonne spiegelte.

»Weißt du eigentlich, wie das bei euch jetzt weitergeht?«, fragte Rike.

»Wieso?«

»Ich dachte nur ... weil dein Vater in Berlin wohnt und ihr in Hamburg ...«

»Na und?«

»Hast du keine Angst, dass ihr irgendwann nach Berlin umzieht?«

In Karos Ohren begann es zu rauschen. An so was hatte sie überhaupt noch nicht gedacht!

»Was machen wir dann?«

»Ich weiß nicht ...«

»Haben deine Eltern schon mal mit dir darüber gesprochen?«

Karo schüttelte den Kopf. Aber Mutter hatte gestern gesagt, dass Martin eine große Wohnung hätte ...

»Vielleicht bleibt ihr ja auch hier.«

Karo nickte, aber mit ihrer guten Laune war's erst mal vorbei.

»Du isst ja gar nichts«, sagte Mutter beim Abendbrot. »Ist irgendwas?«

Karo holte tief Luft. »Ich hab heute mit Rike gesprochen ...«

»Darf sie nicht mit nach Berlin?«, fragte Martin.

»Doch ...«

»Aber ...«

»Sie wollte wissen, ob wir irgendwann ... nach Berlin umziehen ...«

Mutter und Martin sahen sich an. Hatten sie etwa schon einen Plan?

»Das ist alles noch offen«, sagte Mutter. »Was stellst du dir denn vor?«

»Ich will nicht aus Hamburg weg.«

»Nein, das will ich auch nicht. Außerdem wäre das sehr schwierig wegen meiner Stelle.«

Karo atmete auf.

»Ich werde wohl meine Wohnung in Berlin erst mal behalten«, sagte Martin. »Im Augenblick sieht es so aus, als ob ich dort noch eine Zeit lang meine Filme drehen kann. Trotzdem möchte ich natürlich gern mehr Zeit in Hamburg verbringen ...«

»Reicht denn unser Geld für ’ne größere Wohnung?«, fragte Karo.

Mutter schüttelte den Kopf.

»Dann zieht Martin eben in unser Wohnzimmer. Und dafür fahren wir ab und zu nach Berlin.«

Martin lächelte. »Das hättest du mir vor ein paar Wochen auch noch nicht angeboten.«

»Ne, bestimmt nicht.«

»Und ich hätt’s selbst heute nicht gewagt, dir so was vorzuschlagen«, sagte Mutter.

Karo grinste. »Ich hab euch ganz schön die Hölle heiß gemacht, oder?«

»Ja!«, rief Mutter.

»Ihr mir aber auch.«

Martin nickte. »Manchmal habe ich gedacht, dass ich hier niemals hätte auftauchen dürfen.«

Einen Moment lang war es ganz still. Karo spürte, wie ihr Herz klopfte.

»Ist aber gut, dass du’s gemacht hast«, sagte sie und nahm sich ein Brot. Denn plötzlich hatte sie doch Hunger.

Gemeinsam stark

Elisabeth Zöller
Ich knall ihr eine! Emma wehrt sich
144 Seiten mit Illustrationen
ISBN 3 522 17293 0

Eva tyrannisiert die ganze Klasse. Emma will sich das nicht länger gefallen lassen. Aber was soll sie tun? Zurückschlagen? Die Lehrerin ist ratlos, ihre Eltern haben keine Zeit. Aber Emma und ihre Mitschüler wollen nicht mehr klein beigeben. Gemeinsam stellen sie sich den Störenfrieden entgegen.